薬研堀の日向娘

谷口勇一

Yuichi Taniguchi

ブックウェイ

目次

薬研堀《やげんぼり》とは東京日本橋のそれではない。中国地方最大の歓楽街である広島の流川・薬研堀界隈のことである。

その薬研堀通りから少しだけ奥まった場所に「日向娘《ひゅうがむすめ》」という小料理屋がある。その名のとおり、二人いた女将さんは宮崎の出身者であった（その内のお一人は、平成七年にお亡くなりになってしまったが）。

僕は、昭和四八年に九州大学から広島大学へと異動し、その後、この日向娘という店には、数え切れないほど、そうかあ、考えてみると、その間、三〇有余年にわたって足繁く通っていたわけである。この店の常連客は数多くいて、その客層も多種多様であった。なかには、一流企業の偉いさんもいたし、ほとんど言葉を発することもなく、ただひたすら一人酒に心酔しておられる初老の客人もいた。そしてまた、僕が勤めていた大学の教職員等々、といった具合いであったものだ。聞くところによると、僕が常連になる前までは、頻繁に「流し」の来店があったらしく、そのなかの一人には後に、「踊り子」や「初恋」で全国区となる村下孝蔵も含まれていたらしい。

「あの子の歌声は流しのなかでもピカ一だったのよねえ」

とは日向娘の女将さんの談であり、時期さえ合えば遭遇して聴き入ってみたいものだったと、よく思っていたものだ。

最初にこの店に出向いたのは、僕が広島大学に赴任して間もなくのことであった。今でも当時のことがくっきり脳裏によみがえってくる。僕の大先輩にあたる河合剛先生に連れられ、暖簾をくぐった。河合先生は、僕の出身大学である東京教育大学の大先輩であり、広島大学、それに陸上競技界において重要な役職をいくつも歴任されておられた。僕は、日向娘の女将さん二人の割烹着姿がたまらなく好きで、今は亡き母親の若かりし頃の面影をみる思いでいたものだ。嗚呼、湯河原での少年時代が懐かしい。

日向娘ではその後、まさに悲喜こもごも、それに、波乱万丈とでもいうべき、数々の経験をすることになるわけだが、その手始めとでもいうべきは、河合先生からのお説教にも近い「やりとり」から始まったように思う。

「荒川君、君のことは茗渓会《めいけいかい》（東京教育大学の同窓会組織の名称）の会合で何度か聞いていたよ。高校時代、やり投げでインターハイ二位になりながらも、陸上競技部には入らずに、テニス部に入った無礼千万な男がいたとな。何ゆえに陸上競技部に入らなかったのだ？」

「はあ……、それは、その……、中学時代に軟式テニスをしていましたし、やり投げやってたもので性格が投げやりになってしまっていたとでも申しますか」

「荒川君、わしは、まじめに聞いているんだぞ！」

「失礼しました。陸上部に入らなかった理由は……、僕自身の中でも明確に見出せないんです。強いて言えば、陸上部には『部室』がありましたが、テニス部は『クラブハウス』と名乗っていたんです。クラブハウスという言葉の響きに惹かれたとでも申しましょうか」

「ふむ、クラブハウスか。君はゴルフはやるのかい？　ゴルフにもクラブハウスなるものがあるわけだが」

「いえ、やったことないです。今後もゴルフはやらないと思います」

「なぜだ？」

「なんでしょうか、体育、いや、スポーツ社会学の立場から、今日のゴルフの様《さま》を眺めてみると、本来のゴルフではなくなっているとでも申しましょうか、そもそもゴルフをやる場所は自然の中にあるはずですよね。でも、現在のゴルフ場は自然を人工的につくった状態です。それって、不自然そのものでしょ。そのうち、いや、近いうちにゴルフ、それにスキーといったスポーツは、環境問題との関係で叩かれることになるに違いないと思っちゃうんですよね。それと、ゴルフというスポーツは、元来、個人の中でスコアの向上を楽しみつつ、他者と競い合うことにこそ、面白さの本質があったはずなのに、いまのゴルフって気配りのスポーツとでもいうのかなあ、スポーツはそもそも非日常の活動であるべきはずなのに、ゴルフって、ときとして日常を過度なまでに持ち込み過ぎ、いや、引きずり過ぎとでもいうか、要するに、プレイ、つまり、遊びになってないし、だから、スポーツになってないとでもいうか、そんな感じが強くあって、僕、やる気にならないんです」

「やってもないのに、随分とご挨拶な意見をするな。わしは、幾つかのカントリークラブの会員なんだがな！」

「あ、それは失礼しました」

「まあ、よろしい。如何にも人文社会系の発想というか、意見で一理あるように思うよ。そのうち、今、宣《のたま》ったような意見を学術的に主張してみるといい。楽しみにしていよう。それはそうと、ここ、良い店だろ。ときどき使いなさい」

「はい。ぜひ、そうさせていただきます！」

という「やりとり」だったわけで、まあ、お説教といえばそうであったようにも思うが、特段、先生はご立腹にもなられていなかったし、僕は僕で、不愉快な気分にもならなかったわけだから、どういえば良いのだろうか、とにかく、諸々の意味での日向娘をめぐるイントロダクションといったあたりだったのであろう。

以降、日向娘は僕にとっての「日常」と「非日常」が、ときに切り替えられる場となり、ときに混同してしまう「居場所」となっていくのである。気の置けない同僚や仲間とワイワイやることもあれば、偶然出くわすことになった敵対関係にある相手（多くは職場の同僚か……）との喧騒の「場」にもなっていたものだ。

それにしてもだ。はじめての日向娘で河合先生と交わしたやりとりは、大袈裟にいえば、僕自身における研究関心の原点的意味合いが含まれていたように思えてならない。そのことについては後に改めて詳しく筆をしたためることにしよう。いずれにしても、一八歳の卯月の候、僕の日向娘をめぐる数々のエピソードが始まることになったわけである。

さてこれから、広島での「日向娘物語」とでもいうべきエピソードを綴っていくことにするが、まずは、広島の前に在籍していた九州大学時代のエピソードから始めよう。

東京から西南の地へ

「まじかよ、九州大学かよ……。福岡は遠いぜ……」

　できて間もなかった東京教育大学大学院体育学研究科でのできごとである。僕は婚約をしたばかりだった。当時の大学院といえば、通常の二年間で修了することなどまずなく、三～四年の在籍期間の後に修士号を取得するというのが常識であった。けれども、一家の主となる身。一日でも早く修士号を取りたいという思いがあり、僕は意を決し、指導教官に懇願するのであった。

「僕は既に婚約しています。来年の六月には結婚式を挙げる予定です。何とか二年間で修士の学位を出してもらえませんでしょうか」

　僕の指導教官は、わが国における「体育社会学」なる学問分野を新たに構築された竹上九三という先生であり、鹿児島出身の薩摩隼人であるからして、

「それはまかりならん！」

と言われるのであろうと思っていたが、豈図《あにはか》らんや、

「まあいいでしょう。その代わりと言っては何ですが、九州大学の教養部に空きが出たから、そこに何年か行ってきなさい」

と言われることになった。九大……、福岡かよ……、島流し同然じゃねえかよ……、どうしたものか……、としばし悩み、先生に、

「ありがとうございます。ただ、九州大学は……、少し考えさせてください」

と言って研究室を後にした。

僕は、竹上先生に対して大きな「借り」があった。それは学部時代のこと。それこそ、誕生して間もなかった竹上先生の体育社会学期末試験において、同級生数名とともにカンニングをしてしまった。それが、試験監督者の一人であった当時の助手にみつかってしまい、ありゃあ……、半期の単位全部没収かあ……、と留年を覚悟したものである。

その後、何とかご容赦を、との思いを胸に、授業担当教授であった竹上先生の研究室へと出向いた。先生は昼食中であった。

「本日の、先生の体育社会学の期末試験でカンニングをやらかしてしまいました。大変申し訳ありませんでした」

と言って、仲間三人で深々と頭を下げた。愛妻？弁当を食されておられた竹上先生は我々三人に一瞥《いちべつ》もくれることもなく言われるのである。

「よろしい。もうやるなよ」

安堵の思いとともに、少なくとも僕は、竹上先生のそんな鷹揚《おうよう》とでもいおうか、なんとも寛大な対応に接し、かっこいいなあ！と思ってしまうのであった。そういった学問分野の先生に対する想いもあってか、僕はさほど興味を抱いていたわけでもなかった体育社会学の研究室で卒論を書かせてもらおうと決心することになるのである。

その後は、学問の道を究めんがために大学院に進学した。無論、指導教官は竹上先生であった。竹上先生に対する「借り」とは、この一連の「カンニング事件をめぐる先生の温情」と「その後の熱心な御指導」にほかならない。

とはいえ、福岡は遠すぎる……。神奈川出身であり、湘南ボーイを気取っていた僕にとって、九州なる地は島流し同然の場所との思いが払拭できないでいたのである。

そんな折、僕を取りまく事情を聴いていた同期の金山君が大学院生室で僕に話しかけてきた。彼は広島大学の出身であり、大学院から東京教育大学に来ていた。僕を取りまく事情を耳にして心配（同情？）してくれたらしい。

「荒川さん、福岡はよかところよ。僕は広大の出身ばってん、育ちは福岡の筑豊やもんね。博多はほんなこつよかって！　食いもんはうまいし、海もあれば山もある。なーんの、死ぬまで福岡というわけでもなかろうけん、行ってくればよかよ」

らしい。ふむ、なるほど……。

僕は肝心要とでもいうべき、婚約者に相談してみることにした。

「九州なんて、なかなか行ける機会ないし、どうせ、何年かしたら、こっち（東京）に戻れるんでしょ。行こうよ！」

とのことだった。そりゃあ、何年かしてこっち（関東圏）に戻れれば良いけど、そんなにうまいことといくかどうかわかったものじゃないんだぜ……、との思いもあったが、彼女の快諾もあり、翌日には、竹上先生に受諾、いや違うよな、

「九大に行かせていただきます」

との感謝の意を改めて伝えることになった。僕が二四歳の年の瀬の出来事である。

ところで、婚約者とのなれそめはといえば……。少しだけ紹介しておこう。

福岡行きが決まったころから遡ること三年前の昭和四二年のある初夏の日。大学への通学中に乗車していた小田急線電車が下北沢駅で停車中のことである。

「ガーーーーーーーン！　ビカビカビカビカ！」

おわっ！　すげ！、それは、肝を抜かすほどの激しい落雷であった。

小田急線は、電線の復旧の見込みが立たず、しばしの時間、運休となる。僕は、

「国鉄に乗り換えて遅れてでもいくしかねえな」

と思いながらホームを歩いていた。そのとき、ホームのかげで半泣き状態のように立ち竦《すく》んでいる女性が目に入った。女性は、

「どうしよう、どうしよう……」

と、ただただ繰り返していた。僕は咄嗟に、

「どうしたの？」

と声をかけた。

「私、大学に行かなきゃならないんですけど、完全に遅刻しちゃうんです。もうどうしよう……」

聞けば、僕の大学に向かう途中の駅が目的地であったので、

「じゃあさあ、僕が国鉄に乗り換えて行けるルートが分かっているからついておいで」

と言って、目的地の某女子大学まで送ってあげたわけである。なんだろうなあ、正直に書けば、すんげえ、かわいい子であり、僕は目的地に到着して早々に連絡先を尋ねることになったわけだ。いわゆる、ひとめぼれというやつである。その後、僕の方から何度となく連絡を取り、同じ神奈川の小田原（僕の実家はその近くの湯河原）ということもあり、交際へと発展していったという次第であり、その後、大学院二年生の僕は、思い切ってプロポーズをしたというドラマティックなラブストーリーがあったわけである（うーん、ラブストーリーって表現も古いか）。

昭和四五年、桜の蕾がほころび始めていた佳き日のこと、僕は婚約者との結納も無事に済ませ、まずは単身にて福岡の地に赴くことになった。九州大学の拠点は福岡市箱崎という場所にあったが、僕が勤めることになった教養部があるキャ

ンパスは福岡市六本松という場所であり、牧歌的な雰囲気の街並みでありながらも、学生街の賑々《にぎにぎ》しさを兼ね備えた、東京でいえば、そうだなあ、早稲田周辺の新大久保とか、僕の母校である東京教育大学の拠点、大塚、茗荷谷《みょうがだに》あたりの風情に似ているような気がしていたものだ。

六月からは新婚生活が始まることもあり、住まいはそこから少しだけ南の方にあった片江という場所で下宿をすることにした。しかしまあ、住まい探しは一苦労どころか大変な思いをしたものだ。当時の九州大学は学生運動の真只中であり、下宿をはじめとしたアパート、マンション（には到底住めなかったわけだが）の類は、大家さんが九州大学関係者というだけで、

「九大関係者はつまらん！　住ませんばい！」

の連続であった……。「島流し」と思っていた九州大学でも東京の事情同様に、学生運動がそれほど過激な状態にあったことを、僕は赴任早々、身をもって知ることになるのだが。

さて、九州大学への初出勤の日。四月一日に教養部長から辞令が交付され、助手ではあるものの、大学人、そして研究者としての生活がスタートすることに

なった。僕は辞令を手に思ったものである。ここで、それなりの研究成果をつくりあげよう。そして、できるだけ早く東京、もしくは関東圏に戻してもらうのだ、と。

最初の授業は「体育実技」であった。講義室でのオリエンテーションもそこそこに、グラウンドに出て、ソフトボールの授業をやってみた。教養部であるからして、さまざまな学部の学生たちが受講していたが、そのときの受講生の多くは経済学部と文学部であったように記憶している。女子学生が多い文学部生に対し、ソフトボールをやらせることに戸惑いが無くはなかったが、これがまた、豈図らんやである。むしろ女子学生の方が男子よりも嬉々としてソフトボールに興じている姿は正直驚きであった。

「わたし、セカンド守るけん、仰木彬《おおぎあきら》やもんね」

とか、

「じゃあ、私はピッチャーするけんさ、稲尾でよかよ」

なるほど、であった。学生たちの多くは少年・少女時代、地元福岡の西鉄ライオンズの黄金期を過ごしているわけで、野球（ソフトボール）は、男女問わずして熱を入れられる種目だったわけである。土地柄といえば土地柄なのであろう、東京ではジャイアンツの黄金時代であったわけであるが、こうはいかなかったのではなかろうか。

体育実技では僕の専門種目であったテニス、それに、サッカー、バドミントン、バスケットボールを担当していた。いずれの体育実技の授業も学生たちのやる気は高かった。そしてまた、初回のソフトボールの授業が「うまいことといった」こともあり、僕は、「おれはやっぱり教えるのがうまい人間なんだよなあ」と悦に入っていたものである。

「うまいことといった」ソフトボールの授業の翌日は、体育理論の講義を行うことになった。当時の教養教育は、一年から二年の前期までに三回、体育実技を履修し三単位を取得させる。そして、二年の後期になると、体育理論を履修し一単位。教養の体育関係科目は、その合計四単位が必修となっていた。

体育理論の講義室に向かう直前、先輩の助教授から意味不明なことを言われた。

「荒川君、怯むなよ。最初のうちだけだから」

何を怯むんだ？　最初のうちだけ？と、何とも理解ができないまま、僕は講義室へと向かうのであった。

初回の授業内容は僕の専門学問分野であった体育社会学の理論をもとに、ロジェ・カイヨワの「遊びと人間」を捩《もじ》り、「遊びとしてのスポーツ文化論」なる内容を授けるべく、準備をして臨んだ。

学生たちの食いつきは悪くなかった。いや、むしろ、「へえ、おもしれえじゃんかよ」といった反応にも映っていた。してやったり！　やっぱり、おれは教えるのが上手な人間なんだよな、などとなおのこと悦に入りかけたときのことだった。

突然、大講義室の後ろの扉が「がーん」と開き、ヘルメットとマスクを身につけた奴らが講義室に乱入してきた。おいおい、何事だ？と思ったものだったが、暗闇にも近い講義室外の廊下から入ってきたそいつらは、講義室内の照明をすべて集めたように、そうだなあ、スポットライトでも浴びているかのように僕には映ってしまったものだ。後ろの席に座していた受講生の一部（主に女子学生）は、

「キャー！」とか言って怖がっていた者もいたけど、多くの学生たちは、「また、こいつらのお出ましかよ……」といった反応でもあったように思う。というわけで、突然乱入してきた英雄気取りの奴らは、九州大学学生運動団体の中核派の連中であった。

そいつら中核派の首謀者と思《おぼ》しき奴が言うのである。

「大学の講義を担当する教官のすべてはすべてファシズムの伝道者であり、天誅を下す必要がある！」

その後、そいつは教壇に立っていた僕に対し、消火器を噴霧してきやがった。それだけならばともかく、奴らは、こともあろうに、講義室中に消火器を噴霧しはじめ、

「諸君、何故に、このようなファシズムの伝道者の講義を受講するのだ！　諸君に正義はないのか！」

と捲《まく》し立て、退席を促してきた。

僕はといえば、完全に切れてしまい、暴動の首謀者と確信した奴を背後から羽交い絞めにし、その後、強引に正面を向かせた状態をつくり、自分で言うのも

烏滸《おこ》がましいが、母校の大先生でいらっしゃった嘉納治五郎のそれよろしく、見事な背負い投げをもって、床に叩きつけ悟《さと》して、いや、怒鳴りつけてやったのである。

「おれは体育教員であるが、社会学者でもある！　おまえらの主張のすべてとは言わないが、理解できる点が幾ばくかはある。但し議論を申し出るでもなく、一方的に講義を妨害する行為は、それこそ、おまえたちこそ、妄信的なファシズム信仰者であり、愚か者に過ぎない！」

罵声にも近い説教をし、何発か拳骨を食らわせてやった。他人に拳骨をしたことなどなかった僕は、正直なところ、ビビっていたし、おれはこういう行動ができる人間なのか、との驚きさえ抱いたものである。若かったなあ。

暴動も何とか収まり、中核派を名乗る輩《やから》どもが退室していく。曰く、

「貴様のことは憶えておいてやろう！　次はないなんぞと思うなよ！」

と言い放ちつつ退散して行った。

助教授が言っていた、荒川君、怯むなよ、の意味はこれだったのか、としばし、茫然としつつも、僕は努めて平静を装いつつ、受講生たちに言うのである。

「こんな状態では授業にならないからさ、今日はこれでおしまいにしましょう。けがをした人はいませんか？　消火器のガスを吸い込んで気分が悪くなった人はいませんか？　大丈夫かな？　では、来週、今日の内容を改めてやります」

と言って、授業開始からかれこれ二十分足らずで終了することにした。なるほど、下宿をはじめ、アパートの大家さんが「九大生、九大関係者はお断りします」と言っていた理由はここにあったのか……、と納得したものである。

その後は、教務掛《がかり》に出向き、事の顚末を報告、事務官とともに講義室を清掃し、研究室へと戻ることにした。

確かに、社会時勢は学生運動の真只中ではあった。東京でのそれに接してきた僕ではあったものの、僻地と思っていた九州の地でもまた、これほどまでの卑怯千万な仕打ちに接するとはまったくもって予想外であった。まあ、東京の学生運動に比べたら可愛いものであろうとの僕の安易な予想は、すぐに覆させられることになったわけである。甘く見過ぎていたな……との思いで一杯だった。

やれやれ、今度、あいつらが来やがったらどうしてやろうか、などと頭の中で考えながら研究室に戻った。すると、研究室のドアが破壊されており、研究室の書籍をはじめとした貴重な研究資料の数々が水浸しになっていた。研究室の窓にはペンキで、

「天誅！　己を知れ！」

との文字が記されていた。改めて頭に血が上り、怒り心頭の状態になってしまった僕ではあったが、無残なまでの研究室で椅子に座りながら思ったものである。これが大学というところなのだ、しかたがない……と。と同時に、おれの学生時代はクラブ活動（テニス）に明け暮れていたからな。他の学部の奴らもまた同じような動きをしていたはずだ、と思い、少々、自身の世間知らずさとでもいおうか、学生運動の実際に対する認識不足を嘆いてしまう心持ちになってしまっていた。

そうこうしていたら、講義を終えた先輩の先生方（教授連）が研究室の荒らされようをみてはこういうのである。

「荒川君、ばかな学生どもに洗礼を浴びたか。決して怯んではならないぞ！」

と。講義前に助教授が言っていたことの繰り返しにも近いセリフを言ってきやがった。だったら、先にこういうことがある可能性が高いからな、あたりの具体的な忠告ぐらいしろよな！と改めて、憤懣《ふんまん》やるかたない気持ちになってしまったものである。「畜生！　畜生！」と水浸しの書類を手に取って言い続けている僕は、はたして、何に対して「畜生」の思いを向けていたのであろうか。大切な書籍や資料が駄目になってしまったことなのか、それとも、失礼千万な中核派の連中に対してなのか、いや、こういう状況にある大学の様を、あたかも当然のごとく黙認、いや違うな、一部の学生たちの蛮行を野放しにしながらにして、「洗礼を浴びたか、怯むなよ」としか言わなかった教授連中に対してこそ、僕の怒りは向けられていたように思えてならない。大学教官とは何を為す人種であるべきなのか、そんな悶々とした思いに苛まれていた。

その晩は、学生たちの「アジト」が多数存在する六本松を離れ、街中の天神に程近い大名《だいみょう》という場所にある博多料亭稚加榮《ちかえ》で僕の新任者歓迎会を催して頂くことになっていた（今にして思えば、大層な料亭での歓迎会である）。

研究室の後始末はどうするんだよ……との思いもあり、まったく気が乗らなかった。それに加え、新任者歓迎会では、九州、いや、博多独特の「作法」を伝授、違うな、手厳しく指導されることになった。

「まあまあ、荒川君、一献」

と勧められた酒を飲み干し、御猪口を盆に置こうとした瞬間のこと、手刀をもって、御猪口を持っていた左手首をバシッと叩かれた。無論、御猪口は床に落ちてしまった。酒を勧めてくれた教授が曰くには、

「勧められた酒を受け、返杯をせぬとは失礼千万、ましてや、左手で酒を受けるとは何事ぞ！」

とのこと。勧められた酒は必ず右手で頂き飲み干す。飲み干した後の御猪口は、口を付けた箇所を親指でさっと拭い、両手をもって、相手方に返杯を促す、というルーティンこそが正式な酒の場での「作法」であることを、そのとき初めて知ることになった。

「この作法は、博多に限ったことでは決してないからして、荒川君、今後も気を付けなさい」

とのお達しもあった。

　宴もたけなわ、といった雰囲気であったものの、僕は、とにかく、失礼の無きように、とばかりに、先刻教わったばかりの「作法」をはじめとした、各種の気配りに専心し、酒に酔う暇もなく、苦痛な時間を過ごしていたものだ。なにが博多の流儀だ。おれは東京、いや、湘南のシティボーイだったんだぜ！　畜生めが！との思いを下隠しにしながら。

　その会は、体育ばかりではなく、教養部に所属する教官のほとんどが参加していた。当時の教養部なる組織に所属する教官は、「学部に所属できないひとたち」という、国立大学特有の劣等意識にも似たものが存在していた。体育教官の多くもまた、旧帝大である九大の教官であることを誇りに思いつつも、教員養成でもなく、単なる一般教養科目として、体育実技と体育理論を授業するのみであることに対して、不満を抱く者が多かったように思う。九大には教員養成を意図したわけではないものの、教育学部がある。教養部に所属する体育教官の多くは、「教育学部の中に体育を組み入れ、確固たる研究分野の一つとして認知してもらうべく」、論文の執筆をはじめ、各種の研究活動に力を入れて取り組んでいた、らしい。

そのような、大学における教養部に蔓延る劣等意識と大学内の差別構造ともいうべき制度は、当時の国立大学のほとんどにおいて存在していたと言っていい。

僕の歓迎会もお開きを迎えようとしていた折、教育史が専門の教授が僕に近づいてきた。瞬時に緊張してしまっていた僕に対し、その教授はこう言ってくれた。

「大丈夫、僕は体育じゃないから、さっきみたいな作法とかどうでもいいの」

と言われ、少しだけほっとした。その教授は続けてこう言うのである。

「今日、学生たちにやられたんだってね。そのことを根に持ったりしてはだめですよ。大学における教官と学生の関係は、今でこそ敵対の状態にある。しかし、みておきなさい、今後、間違いなく事情は変わってきます。学生は真摯に教官、いや、研究者の声に耳を傾ける時代が来ます。そう遠くないうちに。そのときのためにも、僕ら教官は、研究活動を蔑ろにしてはならない。各教官の研究内容に関心を寄せ、学生が集まってくる、という時代が来るはずだし、そういう大学の姿を私たち教官が創り出していかねばならないのですよ」

教育史が専門である、その教授は教育学部ではなく、教養部に所属せざるを得ない状況に対して苦悶にも近い思いを長年抱かれていたのであろう。いや待てよ、そのときの柔和な語り口を振り返ってみると、もはや達観の域で生きられていたのかもしれない。今となっては確認のしようもないことなのだが。そのような境遇にある教授が言うところの趣意は、「学生は大切な社会資源なのだ」ということ、そして、「その大切な社会資源である学生に対し、良き教育を施し、世に出さねばならない」といったあたりであったと思えてならない。大変に含蓄のあるお話であった。

しかしなにやら、博多流の作法だのとうるさく言われ続けたこともあり、全然飲みたりねえよとの思いで、これも「作法」の一つであった、「主役は玄関で待機し、お一人お一人に感謝の意を表し最後に退散せよ」なる営みを無事にこなした。その後、体育教官からの二次会の誘いを受けたが、

「見知らぬ土地で妻が一人きりで待っていますので」

と、嘘も方便よろしく適当に断った。その頃はまだ妻は福岡に来ておらず、まずは僕が単身で赴任していたんだけど、これ以上は付き合っていられないよ、という思いが言わせた嘘だったのであろう。その後は一人、中洲川端の屋台までさまよい歩き、ほっとしたものである（思い返してみたら、随分と「良い」距離を歩い

たものである）。そしてまた、教育史の教授が言っていた言葉の意味を述懐しつつ、これからの研究者生活、というよりも、大学人としての「僕なりのあり方」を考えていた。

勝手知らない博多の地のこと、ここからだったらどのバスに乗ればいいんだ？と思い、屋台のおやじさんに尋ねたところ、

「一六番から一八番までのバスに乗れば、片江を通るけんくさ、どれかに乗ればよか」

とのことであった。

その指示通り、バスに乗車したものの、歓迎会の気疲れ、そしてまた、中核派との攻防とかとかで、なが〜い一日であったこともあってか、僕は車中で熟睡してしまい、終点の桧原《ひばる》営業所まで行ってしまい、運転手さんから起こされてしまった。

「お客さん、ここが終点ですばってんが、住まいはここらへんですか？」

と尋ねられ、

「いや、片江です」

と答えた。すると、

「もう折り返しのバスはなかですもんね。私の車で送って行ってやるけん、待っときんしゃい」

となり、片江の下宿まで送ってもらうことになった。なんだか初めて、いや、ようやく、博多の人情に触れた思いであった。


六月になり、妻が福岡に来てくれた。妻は一人、実家の小田原から寝台特急「さくら」に乗車し、博多まで来たわけであるが、

「はじめて寝台列車に乗ったわよ！　奮発してA寝台にしたからさあ、すごく快適だったのよ！　熟睡しちゃった！　でもさあ、博多に着いて駅員さんにここまでの行き方を聞いたんだけどさあ、博多弁なのね！　生の博多弁って初めて聞いたわよ。それにしても、バスの番号をいっぱい言っていたんだけど、さっぱりわからないから結局タクシーにしちゃった！」

おいおい、こっちは薄給の身なんだぜ……、と思いつつも、

「そう、無事に着いてくれてよかったよ。お疲れさま。改めましてだけどさ、今

日からどうぞよろしくな」

と労いの言葉をかけつつ、柄にもなく?抱擁してやったのであーる。

そうそう、妻が言っていた「バスの番号」なるものは、博多、いや、福岡の主要移動手段である西鉄バス利用者の「文化」にも近い代物であった。博多の繁華街から僕らの住まいがある片江に帰るときは、先にも書いたとおり、「一六番から一八番までの」どれかに乗ればいい。それと、僕がメインに授業をしていた六本松キャンパスから、大学本部である箱崎キャンパスに行く際はこんな説明を受けていたものである。

「六本松から箱崎行くならくさ、まず、五〇番か五四番で博多駅に向かうったいね、そこで、一番か一五番、もしくは五一番に乗れば黙っとっても箱崎九大前に行ってくれるもんな！」

最初のうちは、なんのこっちゃ?、そらあ、バスは黙ってても行く先に向かうだろと思っていたものだ。まあ、「黙っとっても行く」というのは博多弁、いや、当地特有の言い回しの一つであることにまもなく気づくことにもなったわけだが。しかしまあ、「その土地の文化」には、知らないうちに馴染むことになるものである。数ヶ月もすれば、この行先番号を頼りにバスに乗車していたなあ。但し、僕よりも妻の方がこの行先番号の理解と活用は随分早かったけど。

さあ、生活の体制？は整った。研究者生活の本格的スタートである。そうそう、「怯むなよ、最初のうちだけだから」と言われていた中核派の連中は、あれ以来、まったくもって授業の妨害をしに来ることがなかった。要するに、新任教官に対する一種の「儀礼」ってやつだったのであろう。そうはいいながらも、学内には奴ら作成の立て看板が無数にあったし（字が汚くて何を言いたいのかさえ理解できないものばかりだったけど）、昼休み時間は学食の前で、例によってヘルメットとマスク姿のあいつらが声高々に演説を打《ぶ》っていやがった。

そういえば、一度は僕が拳骨をしてやった奴を突き止めて、おれの研究室の貴重な資料を水浸しにしやがったな！　責任取ってもらおうか！と攻め立ててやろうかと真剣に考えもしたが、それもまた時間の無駄だなと思い返し、決行はしなかった。奴らもおそらくは九大生なのであろうから、大目に見てやることにしたわけだ。思えば、少しばかりおつむの悪い？（いや、良いのかな？）少年たちの「反抗ごっこ」でもあったわけで、それはそれで可愛いものだなとも思えるようになっていたし。その後、僕は三年間九大に居たわけであるが、どうだろうか、赴任後二年目あたりからは、奴らの過激な言動は鳴りを潜めたというか、急速に鎮まりを見始めたように思う。それもまた時代の流れだったのであろう。僕の初講義時のできごとであった「体育理論時の襲撃事件」もまた、振り返ってみたら「楽しい思い出」でもある。

ところで、真なる研究者を志していた僕ではあったが、なぜ、研究者をめざすことになったのであろうか。それは少年期の、いや、生まれながらにしての宿命にも近いものがあったように思えてならない。

僕の父親は、高校の保健体育教師であり、その父親、つまり僕にとっての祖父もまた教師であった。つまり、僕の家は「教師の血統」なのであって、物心がつき始めたころから、なんとなくではあるものの、「僕も学校の先生になるのであろうな」と思っていたものである。確かに教師の血統だなあ、僕の妹もまた教師をしていたし。

但し幼少期の僕はといえば、あまのじゃく的な性質というか、性格があって、教師って、違うな、人にものを教えるって面白いことなのかな？とよく思っていたものである。

僕は小学校期から、学校の成績は良い方で、なおかつ、体育に関しては優良な少年でもあったわけだが、どういうわけか、斜に構えてしまうというか、他人を容易に信用しない性格であったように思えてならない。というのも、学校の授業で先生が言っている内容はよく理解できるものの、で、先生は僕らに授業で教えながら何が楽しいの？であったり、算数は何のために習う教科なのだろう？　おれって計算は完璧に近い状態でできる、先生って算数で僕らに何を教えたいんだろう？といった具合いで絶えず教師という人たちに対して疑問を抱いていたのである。そのような疑問はときに父親にも向けられることになるわけであるが、父親は頑固一徹でとても怖い存在だったので、その手の疑問を投げかけたことはない。

そうそう、僕の父親は体育教師であったこともあって、毎年正月の二日三日に近くを走る箱根駅伝を観戦に行くのが恒例であった。近くを走るといっても、実家の湯河原から近くの箱根駅伝走路である小田原あたりまでは電車で三駅ほどの距離があったのだが。

幼いときからそうだったのだが、小学生になってからは明確に僕の箱根駅伝観戦の「目」はレースではないほかのところに向かっていた。どこに向いていたのか、それは、走者の後ろを伴走している監督車から発せられる選手への「檄《げき》」の内容へ、である。

「いいかあ、あと三キロも行ったら登り始めるからな。それまでは遊んでおけばいいんだよ。わかったか！」

「まだ脚を使うなよ！　腕を振るんだよ！　そうそう、腕振りのリズムで走るんだよ！」

といった、長距離走特有の、「遊んでおけばいい」とか「脚を使わずに腕振りのリズムで走る」といった、陸上関係者しか理解できないのであろう特殊な語彙の数々が面白くてたまらなかったものである。

そしてまた、ほかにも笑ってしまう?檄がたくさんあって。例えば、

「こっちはなあ、もう四時間以上ジープに乗ってるんだよ。おしっこがまんし

てんだぞ。ねえ、隊員さん！（ジープを運転している自衛隊員）」

これには、ハハハハハって大声で笑ってしまった。それともう一つ、これに関してては大人になってから「なんともまあ」と感心してしまうことになる檄の内容であって。

「いけるぞ！　すごく良い入りだ！　今日、おまえが区間賞取ったらな、明後日、吉原に連れて行ってやるぞ！　楽しみだなあ！　気持ちいいぞお！　吉原！　聞こえているか？　よっしわら♪　よっしわら♪　よっしわら♪」

であったわけで、そのときばかりは、傍らで母校の応援に熱中していた父親に、

「ねえ、お父さん、よしわらってどこにあって、どんなふうに楽しくて気持ちいいところなの？」

と質問したものである。但し父親からの答えは、

「知らない！　そんなことは気にしなくてよろしい！」

であったものだ。ハハハハハ、何度思い返しても笑ってしまうな。

今にして思えば、テレビ放送こそしていないものの、数多くの沿道の声援を受けているなかで、「よっしわら♪　よっしわら♪　よっしわら♪」と連呼する監督

さんは、やはり凄すぎる！　今の箱根駅伝でその手の檄を発したら大問題になるのだろうな（笑）。

要するに、僕は子どもの頃から、箱根駅伝走者の力走ではなく、走者を取りまく関係者の言動に対する関心の方が強かったのである。そうそう、ほかにもあったぞ、ラジオ中継しているＮＨＫの車両にもその手の関心が向けられていたなあ。先頭しかみえてないだろ。二位以下の状況はどう伝えるの？　後ろの方でも面白いことが起こっているのだろうに、と（無論、当時から第二中継車もいたはずであろうけど）。

僕は少年時代から、ことスポーツに関していえば、プレイそのものではなくて、その周辺というのかなあ、プレイしている人たちを取りまいている人たちの言動、さらには、プレイヤー自身の心理（の深層）にこそおおいなる興味を抱いていたものだ。そのような癖、いや違うな、着眼点は、まさに「研究者としての素質」であったのだろう。

確かに諸々振り返ってみると、合点がいくところが多い。大学時代、最上級生になった僕は、テニス部の主将になった。ゲーム中は自らのプレイになかなか集中でできなかったものである。理由は、「ゲームが終わった後のミーティングで何を話そうか」ばかり考えていたからである(ここは笑ってもらうところである)。そう考えると僕は成るべくして研究者になったのかもしれない。

しかし本心は少々違うところにあったのだが。僕は、教員や研究者ではなくて、早稲田大学の文学部に進学し、新聞記者か作家になりたかったのだ。それは父親には絶対に言えなかった本音の一つなのだが。はぁ……。

先に、「おれは教えることが上手な人間なんだ」と二度書いた。なぜそう思っていたのか、僕なりの「教え方のコツ」みたいなものを紹介しよう。

僕は、学部と大学院時代に大学近くの女子大とその附属高校でテニスを教えていた。教え始めてまもなく「上手に教えるコツ」みたいなものをみつけることができたわけである。テニスに限らず、スポーツのすべては、最初から上手にプレイできるものではない。あたりまえのことである。「できなかったこと」が徐々に「できるようになる」、その過程のなかで人は「楽しさ」を見出していくことになるわけである。教える人にとって大切なことは、「できなかったこと」が「できるようになった」、その過程のなかで、「なぜできるようになったのか」に気づかせることに尽きると思っている。

「キャア、バックハンド（ストローク）をコースに打ち分けられるようになった」

「よかったねえ！　今の完璧じゃんかよ！」

「はい、ありがとうございます！　キャア！」

「うんうん、なにがどう変わってさっきまでのバックから今みたいにうまくできるようになったと思う？」

「うーん……、からだとボールの距離感がちょうどよかったし、先生の示範を頭のなかでイメージできて、いち、に、さーんってリズムで気持ちよく振り抜けたからかな」

「摑んでるじゃんかよ！　そうそう。良かったねえ！」

たったそれだけの「やりとり」で良いわけである。教えている相手が「できていない」時点で、指導者は「教え過ぎてはだめ」なのだと僕はずっと思ってきたし、それ以降もそれを実践してきた。「つぎにね、バックハンドストロークってこんな感じの打ち方なんだ」と示範をし、あとは、ニコニコしながら、観ているだけでいい。その代わり、上手に「できるようになった」ときには、賞賛の言葉とともに、先に書いたような「できたことの意味をわからせる」声かけをする、そのことによって、専門的な言い方だけども「運動技能の内面化」が完成するわけである。人が技術や知識を修得する方法は多様に存在するわけであるが、何事においても、自ら「気付いて」獲得したほうが良いに決まっている。「気付いた」ときの嬉しさはもとより、その後の動機づけが高まることは必至であるわけだから。指導者は、「教えたがり屋」であることが多いわけで、それを全否定するわけではないが、僕は「気付かせ屋」であるべきと思えてならない。プレイヤーは、一つの「気付き」を得たら欲が出てくる。そうなればしめたもの。「つぎのステージの気付きを促すための課題」を提供してあげれば良いわけだ。

九大のソフトボールの授業もまさにそれが「はまった」わけであって、数多くいた女子学生に、キャッチボールを上手にやらせようとしたときもまた、僕は、野球経験者と思しき男子学生をつかまえ、キャッチボールの示範をしながら言うのである。

「ほいキャッチ、それスロー、おれは黒江！（元巨人軍の名遊撃手）、ほい、それ、ほい、それ、ってリズム感を大切にしながら、受けては投げ、投げては受け、を繰り返しさえすれば誰でも上手になるの！　さあ、やってみようか！」

という具合いだったわけである。すると、学生たち、特に女子学生たちは、「ほい、それ、ほい、それ、私は仰木彬！（豊田、中西、稲尾とかいろいろいたけど）」

てな感じで「はまって」いってくれていたものである。僕は、投げ方や捕球の仕方といった個別の技術を教えたことはほとんどない。なんとなく、めざすべき理想の形（型）を理解させられさえすれば、学習者は後に個別の技術修得へのこだわりが自ずと芽生えてくるものなのである。

繰り返しになるけども、スポーツ、運動の指導は、あまり教え過ぎてはいけない。「ほい、それ、ほい、それ」もそうだけど、リズムをつくって、それに身体を寄り添わせられればいい、と僕は思っている。自慢ではないが、この指導法を外したことは一度もない。

今まで書いてきたことは、いわば、実技指導の基礎の部分。この基礎をもとにゲームへと進んでいくわけであるが、そこでも基本は同じ。「気付き」の機会をより多く、そして意図的に組み込んでやりさえすればよいのである。ん？　これ以上、実技の指導法を書いていると、「コーチングの社会学」が一冊上梓できそうな気がしてきた。これぐらいにしておこう。

講義ではどうなのか。これに関しては実技とは少々意味合いが違ってくる。大学の講義の場合、「わかる者だけにわからせれば構わない」という授業者も少なくないわけであるが、僕は、まったくそう思っていなかった。僕なりの講義法、いや違うな、講義における心構えは、「学生たちの知的好奇心にどう訴えかけられるか」ばかり気にしていたし、僕なりの「学生たちの知的好奇心の高め方」みたいなものも持っていた。

僕の専門学問分野は、体育・スポーツ社会学である。体育とスポーツ、かあ……。その違いを論ずる、というか書いていくと学術論文みたいになってしまうから、スポーツにしておこうか。あ、僕は後年、「これからのスポーツと体育」というタイトルの本を出すわけだけど、ちっとも売れなかったなあ……。

それはそうと、当時、体育理論のときにはつぎのようなイントロダクションで講義を始めることが常であったものだ。

「スポーツって遊びなのです。スポーツをやっている人のことをプレイヤーというでしょ。プレイとは遊びであるわけで、それだけでもスポーツは遊びであることがわかる。遊びのことをわざわざ大学で、なおかつ必修科目して受講せねばならない意味はどこにあるのか？　あ、大丈夫だよ！　僕の授業の単位を取るのはそんなに難しくないから。でだ、スポーツをなぜ学問しなくてはならないのかってこと。簡単なことだよね、僕ら人間は遊びが生活のなかにないと息苦しくてしかたないわけだ。だったら、僕らにとって生活が心地よくなるための遊び方を知っておく必要がある。それを知るために、元々が遊びであるスポーツのことをみつめてみる作業って大切だと思わない？　学問としてのスポーツ、でも、スポーツは遊び、ということは、遊びは学問にほかならないわけだ。君たちが高校生までの授業のことを思い返してみて。面白いなあと思えた教科は楽しかったよね。それって『遊び心をもって学問に向かい合えていた』からではないのかな？　楽しいことが多い人は健康でいられる、逆もしかりだな、楽しさを見出せないときには不健康だし、生きがいさえ無くしてしまいかねない。スポーツを学問する意味とはすなわち、自分自身の今をみつめる営みでもあるわけだ。なかなか面白くない？」

という感じで、汗をびっしょりかきながら熱弁するわけだ。学生たちの知的好奇心に訴えかけられないわけがない！

それと、社会学のことについても悪戦苦闘しながら話すわけである。

「社会学。よくわからない学問だよね。社会ってなんだよ？　社会ってどう学べるのだ？と考えている人は正しい！というか、なかなか鋭い。社会学者と呼ばれる人は世界に五万とまでは言わないがいるにはいるわけだ。僕自身の社会学の理解を言うよ。よーく聞いてね。社会ってさ、人と人の関係で成り立っている、いわば、人間関係にほかならないわけだ。だからさ、『社会ってこれです』って物をみて理解することはできない。いいかい、今まさに講義を受けている君たちと僕は、学生と教官という関係が成立するわけだよね。ということは、この講義室そのものが小さな社会になっているわけだ。社会は居心地が良いときもあれば、悪いときもある。それは、社会の構成原理である関係の善し悪しに起因するわけだよね。人間関係の大きな単位としての社会である国と他国の関係が良好なときは平和な世の中であって、そうでないときには戦争が起こってしまう。社会学という学問は『関係の学問』であるわけだ。僕は君たち全員と良好な関係を講義だけではつくれないであろう、いや、もしかしたらつくれるかもしれない。それが社会学!!だとしたとき、スポーツと社会学って、とても緊密な間柄にあるのでは?と思えたとしたら、その人のセンスは鋭すぎる! そう、スポーツもまた、人と人の関係で成立していることが多い営みなわけなの。自らをみつめる営みであるスポーツを社会学的に考究しようとする営み、すなわち、スポーツ社会学という学問の誕生は極めて必然的なことだったの。言い換えればね、そのときどきにおける世の中のスポーツを取りまく状態を社会学的にみつめていけば、未来予測が可能になるのかもしれないの。面白そうでしょ? 僕はそんな学問を専門にこだわっているわけだ。これからの体育理論ではおおいに遊びつつ面白がってしまおうよ!」

といった感じであったわけで、少なくない数の受講生が食いついていてくれていた、と思うことにしよう(笑)。

何が言いたいかといえばだ。実技科目であっても講義であっても、学生、いや対象者の心に訴えかけられるだけの「言葉」、つまりは、授業者の「こころ」が存在しさえすれば、それだけで相応にことはうまくいくものなのである。そういった「言葉」や「こころ」をもたずして、ときに権威的に授業をやってしまう奴らが少なくないわけで、特に体育実技や体育理論を担当する少なくない授業者は、そういった「相手（児童・生徒・学生と敢えて範囲を広くしておこう）のことを思いやった」言動に乏しいがために、体育嫌い、延いてはスポーツ嫌いを数多く生産してしまってきたわけだ。僕は若い頃から、いや、極論すれば少年時代からそのことに気付いていた一人であって、人にものを教えることになるのであれば覚悟をもって臨まねばとの思いを強く抱いていたものである。覚悟とはつまり、「教育者とは社会で最も優れたサービス提供者であらねばならない（教職とはサービス業！）」との思いにほかならなかったわけだ。大学の授業ごとき、「教えることが上手」であることは僕にとっては当然のことだったのである。なぜならば、大学生たるもの、そもそも「学ぶ力」が高い若者たちであるわけで、彼らの知的好奇心に訴える、いや、知的好奇心を「くすぐる」ことなんぞ容易なことなのだ。にもかかわらず、同僚からはしばしば「年々、学生の質が下がってきていて、教えることに難儀してしまうよ」なる声が発せられていたものだ。そんな声に接するたびに僕は思っていたものだ。ちがうちがう！　それはおまえらの教える力と覚悟が貧弱だからだよ！、と。

ふふふ、ようやく、隠しに隠し続けてきた僕の本音と「奥義」の一部を吐露できたぜ。それにしてもだ、サービスってあたりにこだわりをもってしまうあたりは、中学校の部活動で軟式テニスをし、高校時代こそ陸上部でやり投げをやっていたけども、大学では再びテニスに興じてきたスポーツパーソンらしい発想だし遊び心だよな。但し、テニスプレイヤーとしての僕は、実のところ、そんなにサービスエースをバンバン取れるようなプレイヤーではなかったわけだけど……。

突然の登場となりますが、荒川さんと大学院時代親しくしていた金山です。

私は、昭和四七年七月、九州大学教養部に赴任しました。荒川さんは、昭和四八年には九大を去り、私の母校である広島大学に栄転されましたので、そう、僅か九ヶ月の期間、一緒に仕事をしたわけです。荒川さんと過ごした九大の期間、なかでも、私のことではなく、荒川さんにまつわる数々の武勇伝をはじめとした各種のエピソードを紹介していきたいと思います。

私が九大に着任したときのこと、荒川さんはおおいに喜んでくれ、

「金山さーん、凱旋帰郷ってところじゃんかよお！　これからもどうぞよろしく！」

と言って、固い握手と抱擁をしてくれたことをよく覚えています。

当時の九大教養部には各教官の研究室が一応あるにはあったわけですが、私たち若手は研究室に籠っている時間よりも、教養棟本館一階にあった「体育教官共用研究室」に居る時間の方が多かったわけで、体育・スポーツ社会学を専門としている荒川さんと私をはじめ、体育心理学や運動生理学の連中と「体育・スポーツ研究のこれから」みたいなことで、喧々諤々《けんけんがくがく》と議論する時間が多かったし、その時間がまた大変楽しかったものです。

ある日、荒川さんが、

「こういう感じで他分野の若手研究者が議論できる場ってさあ、すごく大切なことだと思うんだよね。僕ら九大だけではなくて、近くには福岡大学があるし、少し遠いけど、宗像には福岡教育大学もあるわけだから、勉強会をやろうよ！」と提案してくれました。

荒川さんはそういったところの行動力は凄い人で、すぐに福岡大学、福岡教育大学の「しかるべき若手」に電話連絡し有志を募り、翌週の金曜日の夜には、多分十二、三名だったと思うけど、複数の学問分野の若手研究者（ほとんどが二十歳代、なかには三十歳代も数名はいたと思いますが）が集まり、「若手勉強会」を開催することになったわけです。

第一回の勉強会は荒川さんが話題提供者。テーマはなんともまあ奇抜極まりないものでありまして、「面白いはずの体育・スポーツ研究、面白さを享受できない人たちの存在をどう説明する？　――まずは社会学の立場から」でした。

荒川さんも私もそうですが、大学院では、「プレイ論」の大家であった竹上九三先生の門下であったこともあって、荒川さんは、プレイ論をもとにした体育・スポーツ研究の意味とともに、研究者が見出すべき面白さとはなんぞや、といった内容を大変熱心に発言してくれました。うろ覚えですが、そのときの話題提供の趣意はつぎのようなものであったように思います。

「体育とスポーツは概念的にまったく異なる。それをまず理解しておかねばならない。体育は教育的営みであって、子どもたち、それに、社会体育という言葉が流行り出しているぐらいだから大人もまた関わり合える。しかし教育的営みである以上、そこには、教える――教わるといった関係が存在していて、要は『堅苦しい』。対してスポーツは、『体育の教材』であるものの、もともとは遊びであって、堅苦しいわけがない。むしろ、感覚としては、Light（軽い）だし、Fun（楽しい）でなくてはならない。だって、そもそもPlay（遊び）なんだから。遊びを起源とする（はずの）スポーツではあるものの、遊べていない人たちがなんと多いことか！　その原因の一つは間違いなく体育にある！　福大の先生方、そちらは体育学部をつくったばかりでしょ。体育教員の養成とスポーツ競技者の育成の関係をどう考えおられるのですか？　堅苦しい体育の授業で、LightでFunなPlayを起源とするスポーツをどう取り扱うべきなのか？　体育・スポーツ研究者の諸先輩方って、そこらあたりのことをまったく整理できていない！　敢えて社会学的にいえば、『体育とスポーツをとりまく概念のパラドックス』状態であって、そのパラドックスにしっかり向かい合おうとしないどころか逃避してしまっている状態がありはしないのか！　体育の諸先輩方のなかには、『政治力』に長けた人たちが少なくないからしばらくは大丈夫なのかもしれないけども、遠くない将来、まずは大学の体育授業は必修でなくなるはず。むしろ、それが自然！　そしてまた、体育という授業ではなくて、スポーツという名称に変わっていくはず！　福大の体育学部もまた、なぜ体育学部なのか？　スポーツ学部ではだめなのか？　考えないと！　文部省が体育学部という名称でなければ設置を認可しないというならば、なぜなのかと問わねばならないはず！　体育・スポーツを研究する営みは本来面白いことであるはず。しかし、面白く思えない人たちが数多く存在していることも事実。その理由は、私たち研究者の言語をめぐるこだわりの弱さに起因するに違いないのだ！」といったものであった、ように記憶しています。

私は、同じ体育・スポーツ社会学が専門である立場として、激しく共鳴しましたし、なにやら武者震いにも近い感覚になってしまったものです。しかし、心理

学、さらには運動生理学の参加者は、荒川さんの主張が明確に理解できない方もいらっしゃったようで、

「体育でもスポーツでもどっちでもいいのだ。要は運動によって生じることになる身体の変化・変容のメカニズムにこだわって何が悪い！」

「うちはやっとの思いで体育を学部にしたのだ！　荒川さん、あなた、体育をばかにしているのか？」

「スポーツは遊び、と言いながら、将来は大学の教養体育が必修でなくなるだの、科目名称がスポーツに変わるだの、あなたは外来語にかぶれているだけではないのか？」

といった、数々の質疑、いや、酷評にも近い意見に対し、荒川さんは、ことさらに熱くなることもなく、淡々と、また、明快な回答に終始していたものでした。但し、そう感じていたのは私だけかもしれませんが。

それでも、参加者の多くは、荒川さんが発起したその勉強会の意義を感じてのことだったのか、それとも、荒川さんには、人を惹き付ける力が強く備わっていたのでしょうか、おそらくは後者だったのでしょう。二回目は体育心理学、三回

目と四回目は運動生理学、五回目は再度体育・スポーツ社会学で、今度は私が話題提供をしました。月一回ペースで開催されたこの勉強会は、荒川さんが九大を去られる昭和四八年の一月まで継続しました。その期間、荒川さんは各回終了のたびに「報告傍聴記」なる手書きのレジュメを作成し、参加者（欠席者も含めて）宛に郵送しておられたわけです。彼にはそういうマメなところがあったのですが、今にして振り返ってみれば、そのような会のマネジメント作業は、体育・スポーツを大切に思うがゆえの、彼なりの使命感であったのであろうと思えてなりません。

　但し……、勉強会の後にはほとんど毎回、六本松近辺で懇親会が開催されるわけです。先に書いた通り、理路整然とした主張に終始し、質疑応答においてはまさに「論客」であった荒川さんですが、酒が入った途端、まったくの別人になってしまうのです。殴り合いのけんか一歩手前になり、私は何度抑止したことか……。翌日、土曜日午前中の荒川さんの授業は、完全なる二日酔い状態……。代わりに私が授業したことも一度や二度ではなかったものです。今のご時世ならば大学内でも問題視される状態でしょうが、当時の大学は「授業は適当にこなせばよろしい」という雰囲気が教養部全体にありました。本当に良い時代だった？のでしょう。

勉強会での知的な作業とともに、荒川さんとはテニスでおおいに「遊んで」いたものです。あの頃の私たちは、「適当に授業をこなし」「ときどき真面目に研究し」ながらも、最も力を注いでいたことがテニスでした。私も「九大に来たらテニスして酒を飲まないと男じゃない」と先輩教官からよく言われていたものです。

世は、当時の皇太子と美智子さまのテニスデートで持ち切りのご時世であったこともあり、テニスブームの真只中でもあったわけです。私は大学まで他の種目（バレーボール）を専門にしていましたので、テニスを本格的、いや、それなりにやり始めたのは、東京教育大学の大学院に進学してからのことでした。そのとき、テニスを教えてくれたのが荒川さんだったわけです。彼のテニスはきれいだったし、何より強かった。当時の九大教養部では、さしずめ「九大教官テニスクラブ」みたいな組織ができていて、夕方から、そして日曜日、それに授業の空き時間は誰かしらがテニスコートにいるという状態でした。

「テニスクラブ」では、シングルスの部、ダブルスの部の勝敗結果をこまめに記録し続け、年間の最優秀プレイヤーを決定していました。私が赴任した年の「シングルスの部」の最優秀（優勝者）は荒川さんでした。これにはクラブのメンバー全員が、

「しかたないな、来年こそは荒川さんを負かしてやるぞ！」

といきり立っていたものです。かく云う私ももちろんそうでした。しかし、荒川さんは本当に強かった。結局、私が年間最優秀プレイヤーになったのは後年、荒川さんが九大を去られてからのことでした。荒川さんは広島大学への異動が決まってからの数ヶ月間、私に特別コーチをしてくれたものです。なるほど、大学で専門にテニスをやっていた、いや、こだわっていた人の教え方は違うなあ、と感心しきりだったものです。そしてまた、彼からのコーチングもあって、私のテニスの成績はめきめきあがっていくことになるわけです。ちなみに、私が荒川さんにテニスで勝利することになるのは、ずっと後年のことです。長野県の菅平で体育社会学の研究会があって、私との一セットマッチは、荒川さんにとっての久しぶりのゲームであり、トレーニングはもとよりコンディショニングを整えるこ

となどせず臨んだ状態だったようです。荒川さんにしてみれば、九大時代の弟子ともいうべき私に負けてしまったわけです。まあ、私にとっては武勇伝にも近い思いの初勝利だったわけです。しかしその後の彼とのマッチでは「トントン」のせめぎ合いができるようになったわけで、私もそれなりに腕を上げることができていたのでしょう。

荒川さんとはよく二人きりで飲みました。どちらからともなく、夕方になると、「近所でちょっとひっかけて帰る？」

が何度もあったものです。それに一度は私から、

「荒川さん、この頃流行っとる井上陽水の能古島の片思いって知っとろう？　まだ能古島には行ったことなかろう？　行ってみようばい！　おれが連れて行ってやるけん！」

と、二人で姪浜《めいのはま》から渡船で能古島へと渡り、砂浜で酒を浴びるように飲んだものです。帰りは船先に二人いきり立って、海風を浴びながら言うのでした。

「世は幕末！　昭和維新よ！　面白き　事も無き世に　面白く！！！！」

その日は姪浜からタクシーを飛ばし、中洲へと向かいました。

「荒川さん、何事も経験ばい!」

と意気揚々に二人して初めてのキャバレーに入った、まではよかったものの時間オーバーで追加料金を請求され、はめていた腕時計を担保として店に預け、金を取りに帰って店へと戻り料金を支払ったものでした(笑)。

当時(昭和四六年)、荒川さん家にはご長男が誕生されました。お名前は「丈治」君。その願意を尋ねたところ、

「じょうじだったらさあ、外国に行ったとき、ジョージ・アラカワって感じですぐに覚えてもらえるだろ。これからはインターナショナルでいかないと!」

らしい。何とも彼らしい。本当のところの命名の願意は違うのであろうけど。

荒川さんの奥さんは綺麗な方で、何度かご自宅でご馳走にもなったものです。

昭和四八年三月、荒川さんとそのご一家は、広島の地へと向かうことになられるわけです。僕は、博多駅まで出向き、

「荒川さん、学会等でまた会いましょう! 広島のことで困ったことがあったら連絡してつかあさい。わしも、広島の事情は相応に知っとるけえ」

と、どういうわけか、そのときは久々の広島弁で別れの言葉を述べ、固い握手をし、寝台特急みずほのテールランプがみえなくなるまでずっと手を振っていたのでした。

その後、広島における荒川さんの活躍は、まさに「全国区」のものだったわけです。

嗚呼、また、荒川さんとテニスをしたい、飲みながら体育・スポーツ社会学の議論をしたい、再会したいなあ。

広島の地でつくりあげてきたもの

前章の最後には、親友であり、盟友の一人でもある金山さんに僕の九大時代と広島への旅立ちについて書いてもらった。金山さん、どうもありがとう。

そうかあ、僕はときに出鱈目《でたらめ》な酒の飲み方をしていたわけだ……。今さらながらも汗顔の至りであるなあ。

昭和四八年四月に僕は、広島大学教養部に赴任することになった。この異動には少々意味深な理由があった。まあ、今ならば書いても構わないであろう。

実はこの時期、国（文部省）は、東京教育大学体育学部に続く、国立の体育学部設置構想を持っていたわけであり、その候補の一つが広島大学であったのだ。当時の広島大学には、教育学部、教育学部の東雲《しののめ》分校（後の学校教育学部）、そして教養部と三つの組織に体育教官が配属されていた。三つの組織を併せると、そうだなあ当時であれば、三〇名弱の体育教官がいたわけである。それらの体育教官を一つの組織にまとめ、なおかつ、新たな人員を補強した上で、「体育学部」の設立をめざそうとしていたのである。要は、「東の東京教育大学（後の筑波大学）、西の広島大学」の体制で、我が国の体育・スポーツ研究の新たな拠点整備を図ろうとしていたわけだ。

僕は、九州大学勤務時代に、恩師である竹上先生からその話を受け、

「そういうわけだ、荒川君、広島に移ってくれないか」

となった次第である。ただ、僕はといえば、定年まで残り少ない時期であった竹上先生の後任として、母校の東京教育大学に戻してもらえるとばかり思っていたこともあり、正直、心中穏やかではなかったわけだが。そうは言っても、新たに設立される「体育学部」（個人的には、体育ではなくスポーツという語句を用いた学部にしたかったのだが）の一員として大学組織に関わるのも悪くないなと思っていたし、福岡から少しだけではあるものの、東に異動できるわけで、その後はもっと東、つまり、東京近辺に戻るきっかけになるのではなかろうかとの思いもあって、承諾することにした。

この広島大学体育学部設置構想の結末を先に書いておこう。結局は実現しな

かった。結果的に設立された新たな国立の体育学部は、鹿児島の鹿屋体育大学の新設という形で決着したわけである。広島大学の人間をはじめ、多くの体育関係者が「なんでまた鹿児島？　鹿屋ってなんて読むの？　かや？」と諸々揶揄《やゆ》していたものである。この鹿屋体育大学新設にあたっては、多大なる政治力が働いたわけで、そのことを書き始めると、それまた、一冊の本ができそうな勢い間違いなしなので割愛することにしよう。とにかく、僕にとっては新天地、広島の地での新生活がスタートすることになったわけである。ここでもまた、先に書いたとおり、福岡から広島、つぎは東京！といった期待を抱いていたし、妻もまた、

「少しだけど東に移れたじゃない！　つぎは大阪あたり？　大阪にも住んでみたいなあ！　そのあとでいいから東京に戻ろうよ！」

となんともお気楽なことを言っていたものであった。その頃は、広島の地が僕にとっての「終《つい》の棲家」になるなんぞ思いもしなかった。まあ、人間至る処青山有り、とはよく云ったものである。

広島での住まいは、広島市の西隣五日市町にあった官舎にと思っていたものの、管財課の事務官から、

「いま官舎は満室なんですよねえ。来年度空きがでたら先生に最優先で入ってもらえるようにしますので」

と言われ、渋々、官舎近くの借家に住むことになった。国鉄の五日市駅から徒歩で約五分の二階建ての一軒家であった。「このまま、ずっとここに住んでもいいよな」とも思ったが、家賃を考えたら、やはり官舎は捨てがたい。一年間だけ我慢しようと思ったものである。但し、二階建ての一軒家は部屋もたくさんあって、幼《おさな》子《ご》の育児中であった妻にとっては、いや、書斎を一部屋取れることもあり、僕自身も大満足の住環境であったわけなのだが。

それにしても、大学から自宅までの距離が遠いこと……。国鉄利用だと、五日市から広島駅まで山陽本線電車で約二十分、そこから路面電車でやっぱり二十分ぐらい、通勤だけで小一時間を要していた。バスだと、渋滞とかあって時間が読めないので電車の方がいい。土地の事情に慣れて来てからは、国鉄よりも広島電鉄（広電）の路面電車を乗り継ぎ通勤する機会の方が多かったようにも思うな。

僕にとっての新天地である広島大学での所属は、九州大学時代同様、教養部であった。であるからして、担当する授業は、一般教養科目の体育実技と体育理論であり、それらの担当は、都合四年目を迎えていた。広大の一、二年生もまた九大生同様に、賢い子が多くて、特に体育理論の授業においては、授業者である僕もまた彼らから寄せられる反応（コメント内容）に、おおいなる刺激を受けていたものである。

ただ、広大での教養部生活は翌年に迫っていた学部化に向けた準備作業が多く、忙《せわ》しないものであった。「教養部を学部に昇格させる」という動きは、当時の国立大学では画期的なものであり、後に追従することになる他の国立大学の模範になるべく、その準備局面においては、教養部構成教官をはじめ、事務官も含めて、おおいに議論をしたものである。まあ、当時の僕の職位は講師であったこともあり、「高みの見物」を決め込んでいたものだったけど。

学部の名称は既に「総合科学部」と決定していた。学部のなかには四つのコースが創られることも決まっていて、「地域文化」「社会文化」「情報行動科学」「環境科学」であった。教養部の体育教官は全員、「情報行動科学コース」所属になることも決まっていた。個人的には、おれは、社会文化コースじゃねえのかよ、と思っていたものであったが、まあ、しかたない。

ある日の教養部教授会でのこと。「総合科学部の英語表記」が議題であった。僕は、どうせ、Faculty of Total Science あたりに落ち着くんじゃねえのか、と思っていたが、教養部で哲学が専門の大杉という教官がこう言うのであった。

「教養部から学部になるわけです。教養部とは単に学生の一般教養の基礎を授ける役割に終始してきたわけでは決してありません。教養部なる大学組織は、人の生き方、その生き方の幅を拡げるための方法、そして、各種の学問が社会にとっていかなる意味を持っているのかを絶えず発信すべき役割を担っている、いや、担ってきたはずです。それが学部になる。であるならば、今申しましたような考え方を基礎にした英語表記が必要になります。私案です。敢えて、Faculty は用いません。School of Integrated arts and Science であるべきです」

僕は感動を押さえきれず、思わず、

「賛成でーす！　いや、大賛成でーす！」

と発言し、大拍手をしたものである。

教養部長からは、

「大杉先生から述べられたご発言には私自身、大変共鳴しました。お一人から大賛成との意が発せられたところですが、先生方、いかがでしょうか？」

教授会の構成教官からは概ね多数の賛同の意が発せられ（「賛成」という声）、教養部長からは、

「では、この方向でまいりましょう。英語専門の先生方、文法的にはいかがでしょうか？」

となり、問題なしとの承認を得、新学部の英語表記が決定することになった。

僕は、珍しく？興奮状態になってしまったわけで、教授会が終わるやいなや、発言をされた大杉先生のもとへと向かい、

「先生、体育の荒川と申します。先ほどの先生のご発言に感動致しました。研究室に伺ってもよろしいでしょうか？」

大杉先生は、おいおい、何者だ、こいつは？といった趣であったものの、

「それはどうも。私の研究室は狭くて、それに本がどこそこに積んであるのでゆっくりお話しできるようなスペースがありません。荒川さんだっけ？　どこか適当な喫茶店か、もしくはこぢんまりした飲み屋をご存知ならばそこにまい

りませんか？」

ということになった。

僕は、速やかに場所を決めるのであった。すでに「行きつけ」になっていた薬研堀の日向娘しかない！と。一〇分後に正門前で落ち合う約束をし、えーい、路面電車でいくのも面倒だ！と思い、丁度、前を通りかかった流しのタクシーをつかまえて、大杉先生とともに、薬研堀へと向かうことになった。

日向娘に着くや、僕は改めて自己紹介をし、教授会での大杉先生のご発言がどれほど心に響いたかを伝えることにした。僕にしては珍しいことである。大杉先生は、京都大学文学部哲学科のご出身であること、そしてまた、「大学には失望しつつあること」をお聴きするに付、いよいよ、かっこいいひとだなあ！と心酔してしまっていた。

大杉先生と差しつ差されつしながら、酒を酌み交わしながらやりとりした内容は、大袈裟にいえば、その後における僕自身の研究基礎になり得た。

「荒川さん、体育とかスポーツの社会学ってことは、古典社会学にも造詣が深いのですか？　どんな人たちの社会学に関心を寄せているのですか？」

「造詣が深いわけでは決してありませんが、大学院時代から、ヴェーバー、デュルケーム、それに、ジンメルあたりの社会学に触れてきました。なかでも、ジンメルの社会学には影響を受けていると思っています」

「ほー、大御所に接しておられますね。ジンメルのどこに社会学の面白さや魅力を感じておられるのですか?」

「ジンメルの形式社会学です。なかでも、人間と人間の関わりこそ、社会の本質、すなわち社会学であるというくだりがとても腑に落ちておりまして」

「ほー?　どんなふうに?」

「私は子どもの頃からスポーツをやってきまして。スポーツは人と人の関わり合いで成立している側面が強いわけです。その関わり合いが良好か否かでスポーツのパフォーマンスが決定されたりもするわけです。なるほど、スポーツという営みは一種の社会的営み、いや、いわば小社会にほかならないのだなと腑に落ちたと申しますか」

「とても面白いですね。体育の人がジンメルをそう読めるのですか。なるほど。いいですね」

「それと最近ではゴッフマンの役割論にも熱中しています。彼が云うところの役割論、これもまたスポーツ場面にしっかり見出せそうな気がしていまして」

「ふむ、どんなふうに？」

「スポーツは役割期待の宝庫というかあ、プレイヤーはまわりからの期待に応えるべく、そして、自らの存在証明を見出すべく、スポーツという活動の場で絶えず与えられている役割を良好に担おうとします。それに、僕という人間にあてはまれば、体育教師、もしくはスポーツ指導者としての役割期待を背負い、それを役割遂行し、ときに役割葛藤に陥ります。つまり、スポーツの各種場面には、数多くの役割論が適用できるとでもいうかあ、諸々、自らのスポーツ経験と合致する、いや、あてはまるなあと思いながら読み込んでいるところです！」

「ふむ、面白いですね。ま、荒川さん、どうぞ飲んで」

「はい、どうもありがとうございます！」

「面白い、確かに荒川さん、あなたは面白い。でもね……」

「は？　でもなんでしょうか？」

「うん、体育の先生がそこまで社会学に対する造詣、というか、読み込みができていることに感心するところなんだけども、なんだろうなあ……」

「なんなのでしょうか？」

「うん、今、荒川さんが言っていたことは、社会学者が本気でスポーツに迫った途端に簡単、いや、もっと深く切ってしまうことなのだと思うのです。彼ら（社会学者）の多くは、まだスポーツという現象に関心を寄せていないだけのこと。私はそう思ってしまいました。ただね、荒川さんの社会学的なスポーツの切り方はとても面白いですよ」

「はあ、社会学者がまだスポーツを気にしていない……」

「はい、私はそう思います。哲学の人間からしたらですよ、スポーツは体育の一部、体育は教育だからそこに迫っても面白味を見出せない。かく云う私だって、哲学をやっていて体育とかスポーツに迫ってみようとは思ったことなどないですから」

「はあ……」

「あ、お酒がない。女将さん、熱燗もう一本、いや、二本お願いします」

大杉先生、酒強いなあと思ったあとのこと、

「荒川さん、社会学でスポーツや体育を切っているだけではだめ、いや、限界がくると思いますよ。いま、荒川さんのお話しを聞いていてもっと聞いてみたいと思ったことがいくつもあります」

「なんでしょうか?」

「スポーツのなかでの人間関係をめぐる機微というのですかねえ、気持ちが良いときとそうでないときの違いはどう違うのか、その違いは何が原因で起こるのか。もっといえば、スポーツをやっている人たちは、スポーツを通じた良好、いや、気持ちが良くなる方法を経験的に知り得ているのではないのか、と思えるわけです。そのような経験知を学問として発信している人はいらっしゃるのですか? まあ、あなたに聞いてみたいなと思ったことの核心はそこらへんでしょうかね」

「なるほど、それはですね」

「いや、今、詳細に聞きたいわけではないの。社会学でスポーツを切る、いや、解釈するのでなくて、スポーツで新しい社会学をつくるべきなのではないかな

と思えたのです。社会学者が誰も知らないスポーツ独自の感覚みたいなものを社会学にしてしまう。それができたときに真の意味でのスポーツ社会学が、いや、もしかしたら、スポーツという社会学が云えるのではないのかなとさえ思えてしまうわけです」

「……」

「難しいかな?」

「違います！　すごくよくわかります！」

「だろうね、あなたはそういう感覚をすでに持っているように思えてならない」

「ありがとうございます」

大杉先生から頂くことになった「ご示唆」は、その後の僕のスポーツ社会学観とスポーツ社会学研究のスタンスみたいなものを明確にしてくれた。その日の僕は決して酒に飲まれることなく、大杉先生から発せられた貴重な御言葉の数々を記憶しつつ、帰りの電車で考えをまとめつつ、帰宅して早々、研究ノートに書き記すのであった。

「社会学者が誰も知らないスポーツ独自の感覚、かあ……」

僕は、来る日も来る日も、大杉先生から発せられた御言葉の内容に囚われていたものである。囚われていたといってもそれはもちろん良い意味で。なにやら、おれ独自のスポーツ社会学を構築できるのではないか、という意味であり、それは、心地良いプレッシャーにもなり始めていたように思う。

ただ、僕のなかでは、大杉先生から、そうかあ、二度発せられた「体育の人が社会学をそう読めるのですか」という言葉がどうにも引っ掛かっていた。大杉先生の御言葉は、僕なりに言い換えたら、「体育の人たちは学問に向かう人たちではないのでしょ」にも近いわけで、実は、九大時代から数多くの他の学問分野の人間から向けられてきた体育学・スポーツ科学への偏見、いや違うな、蔑《さげす》んだ見られ方に近しいものだなとの思いを抱いてしまっていたのだ。

実は、広大の教養部に赴任して数ヶ月後のこと。教養部内で親しくなった同年代の物理学の講師だった小山さんと日向娘で飲む機会があった。そのときは、小山さんの方からの誘いであったと思う。彼は大阪大学工学部の出身であり、いわば、バリバリの理系研究者。そういった異種交流の機会があること自体、教養部ならではあり、僕は嬉々として日向娘へと向かったものである。

最初のうちは、たわいもない話しで二人して飲んでいたわけであるが、酔いも回ってきてからのこと。小山さんの「口撃」が始まるのであった。

「荒川さん、僕はあなたって大変優秀な人だと思う。日々の言動に接するなかで、普通の体育教師ではないなと思っていたの」

「は？　普通の体育教師ではない？　ま、大変優秀とかいうのは、それは小山さん買いかぶりが過ぎると思うけどなあ」

「いや、買いかぶりではないですよ。だからこそ、今日ははっきり言わせてもらおうと思って。教養部の体育の先生方が新しい学部の構成員になること、僕、反対なのです。体育は学問ではない。いや、学問になり得るはずがない。単なる実技科目であり、体育理論もまた、適当な健康論に過ぎない。僕が学生の頃の体育理論がまさにそうだった。それはそれで教養科目であれば存在して構わない。でも、体育が総合科学部の一研究分野になるなんて到底理解できないし、許せない！」

「小山さん、それって、ちょっとご挨拶が過ぎやしないかな！」

僕も少々酔い始めていたこともあり、憤りの念が生じ始めていた。

「ご挨拶？　いやいや、本当のことでしょ。大学の学部に配置される学問は皆、長い歴史のなかで、社会的に承認されてきたものですよ。体育って、学はつかないでしょ？　僕は教育もまた、学が付いて良いのか怪しいと思い続けてきた。体育も教育も敢えて付けるならば『論』でしょ。教育学部って何を学問しているのですか？　教員養成のあり方、もしくは、教員養成自体が目的ならば学部と名乗るべきではない。体育もまさにそう。学問的な必要性を感じられない！」

「小山さん、じゃあさあ、あなたの専門の物理学はなにゆえに学問になり得ているわけ？　答えてよ！」

「簡単ですよ！　結果的に、物理学の研究知見が世の中の役に立つからですよ。もちろん、物理学のなかでも基礎研究の領域があって、それらの研究知見はすぐに世の中の役に立つわけではない。しかし、時間の経過とともに、それらの基礎研究の成果も実学へと昇華し、世の中の役に立つことになるわけです。だから物理学、いや、理系の研究分野のほとんどが学問になり得るのです。

僕に言わせたら、文系の研究？って学問ではないでしょ？　文学？　あれは読み物でしょ。そうだなあ、法学、経済学、商学あたりは、文系というよりもむしろ理系ですよ」

「おい、小山！　おまえ、決定的に間違っているよ！　あんたさあ、物理学者のフレクスナーって人が書いている"The Usefulness of Useless Knowledge"って本読んだか？　読んでねえだろ！　日本語に訳せば、『役に立たない科学が役に立つ』ってタイトルだよ。おれは読んだぜ！　感銘を覚えたな！　真の研究者はおまえみたいに、理系は偉い、文系は無駄とか思ってないの！　フレクスナーが云わんとするところは、物理学をはじめとした理系の諸科学であっても、文系的な思考性、つまり、たおやかな遊び心みたいなものをもっていないと結局は研究者の自己満足に留まってしまう、ってことを主張しているの！　あんたはその典型的な状態に陥っているんじゃねえのか！」

と、僕は、通読さえしていない英文書籍のタイトルだけをもって、書かれているのであろう内容を勝手に想像しながら、反論？　いや、反撃をしてやったのである。

「ふん、体育の人間が何を偉そうに！」

「なんだとお！　表に出るか！」

「きた！　体育教師の得意技！」

僕は咄嗟にビールを注いでいたグラスを床に投げつけ、怒鳴りつけてやった。

「この似非《えせ》研究者が！」

とここで、日向娘の女将さんの一人である、かつよさんが一喝するのである。

「ばかじゃないとね、あなたたちは！　広大生はかわいそうじゃ！　こんなばかな先生たちに勉強教えてもらうんだから！　もう今日は帰りなさい！　御代は後日荒川先生からもらいます。今日は百万円！　小山先生、半分を大学で荒川先生に渡しておきなさい！　もうおしまい！　帰ってちょうだい！　あ、荒川先生、割ったコップを片付けて帰りなさいよ！」

という顚末であったわけで……。

この、小山、あ、小山さんとのやりとりに近い、いや、それ以上に激しい「口撃」──学問としての体育・スポーツを馬鹿にしたような発言は、一度や二度どころではなかった。そうだなあ、日向娘だけでも記憶の限りでは軽く一〇回はくだらなかったはずだな。そのたびに僕はつらい思いをしていたものである。何がつらいのか。僕は「反撃」できる。しかし、同席している体育の同僚たちの多くは、反撃どころか、尻尾を巻いて逃げにまわってしまっていたものである。挙句の果てには、「理系の奴らは理屈っぽく語ることで悦に入っているだけのこと」とは……。僕はいつも、違うぜ！　体育は体育の存在意味を誰もが納得できる言葉で説明せねばだめ！と悔しい思いを持ち続けていたものだ。

体育・スポーツも既に当然のことながら、「学会」を持っている。ただ、それだけをもって、体育、スポーツは学問であると主張しても意味がない。体育・スポーツに関わる学会構成員は、その学会の中だけで「おれたちは学問しているのだ」と自己満足してはいないのか。

あ、そうだった。大杉先生からの御言葉であったな。僕は、体育、スポーツのためにと力みたくはない。でも、「体育、スポーツの人間発信でこれほど面白いセオリー（理論）とコンセプト（概念）が発信できるのか」と言わせたい、いや、思わせたいだけなのである。だからこそ、僕は敢えて体育、スポーツ以外の研究者との接点を数多く持つようにしてきた。ときに、小山さんとの喧騒にも近いやりとりが幾度となく勃発するわけであるが、それは、僕のなかでは、想定の範囲内のことであり、むしろ、願ったり叶ったりの時間であって、それもまた、自分なりにおおいに面白がっていたように思う。とは言いつつも、そのような「場の設定」は、ときとして多大なストレスを抱え込む営みでもあるわけで、まあ、よくやっていたなあとも思う。若かったしな。

翌昭和四九年四月から、総合科学部が立ち上がり、僕も学部付きの教官になった。学部である以上、専門の学生も担当することになる。楽しみであった。しかし、それまでの教養教育科目の担当は、総合科学部の教官で担うことになるわけで、教養と専門の両方をこなさねばならない総合科学部の教官の業務は多忙を極めることにもなってしまい、そこに関しては正直つらいものがあった。

新学部である総合科学部の入試を経て、学部の専門学生が入ってくることになった。三年次からは研究室に所属し、卒論ゼミナールおよび卒論作成指導が入ってくることになる。これは楽しみである。しかし……、僕が所属することになった情報行動科学コースに所属している体育教官は八名中六名が、いわゆる理系分野の教官であり、運動生理学、運動心理学、運動動作解析学（バイオメカニクス）といった学問分野であり、学生たちからの人気は、そちらの方に集中していた。要するに、文系の学問分野の教官であった僕と体育史研究室への所属希望者は毎年極めて少なかったものだ。ちなみに、ゼミ開講初年度の受講者数はゼロであったな……。その後、数名のゼミ生が僕の研究室にも入ってきたけど、いずれも取得単位数が極めて少なく、理系（実験系）の研究室への入室を断られた、いわば、落ちこぼれの学生ばかりであり、「体育・スポーツ社会学という学問はぁ」とゼミをはじめても、馬耳東風とでもいおうか、いつぞやかは「先生、とりあえず卒論書きますので単位だけ出してもらえませんか」という始末であった。落ちこぼれの学生であっても、学問の面白さを伝え、大学生活の意味を高めてやりたいと思ってはいたものの、当時の僕はお手上げだったなあ。と同時に、僕のなかでは、体育・スポーツにおける、いわゆる理系の研究分野に対する恨みみたいな感情を抱き始めていたように思う。事実、その後、運動生理学研究室の主任教官とは、まさしく犬猿の仲になるわけで。僕が犬で、あっちが猿だったな、わんわん！（笑）。まあ、そうは言いながらも、荒川研究室も徐々にではあるが、人気の研究室になっていくのであるが。

当時は、学部組織になったこともあり、それまでの教養部のときには適当であった教授会も月一回の定期開催となり、面倒くさいものであった。しかし、当時の学部教授会はおおらかであったし、長くても二時間もあれば終わっていたものだ。

昭和五〇年一〇月の定例教授会は思い出深い、そして忘れられないものであった。その日は、地元広島カープが初のリーグ優勝をかけた決戦の日であった。僕はといえば、カープに対してさして大きな思い入れがあったわけでもなかったわけだが、スポーツ社会学者である立場上、カープの優勝うんぬんよりも、広島市民のカープ熱に対しおおいなる関心を寄せていた。

教授会が始まる折、学部長が、

「先生方、今日は、いままさにカープがリーグ優勝に大手をかけた試合をやっているわけでありまして……、(しばし沈黙)、どうでしょうか、日を改めての開催に致しませんか?」

しかし、教授会に参加している教官の多くは、片肘をついた状態で学部長の提案に何らリアクションを示さない。そういう状態であるので、学部長もしかたなく議事を進行し始めることになった。どうだろうか、教授会が始まって四〇分ほど経過した頃のこと。教授会に参加していたほとんど全員、とはいえないな、八割ぐらいの教官が一斉に、

「よーし！　優勝だあ！」

といって、万歳をし始めたのである。皆、いや、ほとんどの教授会参加教官は、ポータブルラジオを胸ポケットに忍ばせ、イヤホンでカープの熱戦を聴いていたわけである（笑）。学部長もおおらかそのものであったなあ。

「先生方、それならそうと言ってくだされればよかったのに。ラジオを聴けない私の立場も少しはわかって欲しかったですよ」

と発し、

「もう、今日の教授会は終わりにしましょう。皆さん、どうぞ飲みに出るなりして、歓喜に浸ってください」

堰を切ったように教授会会場を後にする教官たちの様が僕は可笑しくてたまらなかったなあ！　もちろん、僕もまた、貴重な「フィールドワーク」の機会を得た

思いで繁華街に繰り出し、何度も何度もカメラのシャッターを切り続けるのであった。そうだなあ、三十六枚撮りのフィルム三巻きは使ったかなあ。その日の日向娘は、女将さんたちのご厚意もあって、お客さん全員がタダで飲み食いできた。もちろん、僕もご相伴に与《あずか》ったわけだ！　繁華街、いや、広島市内、もしくは県内の飲み屋のほとんどがそういう状態であったように思うなあ。カープの力、そしてスポーツの力たるや恐るべし、との思いであったものだ。

僕と付き合いのあった人の多くは信用してくれないと思うが、僕は決して酒が好きなわけではなかった。無論、飲めないわけではない。がしかし、好んで飲むことはほとんどなかった。事実、自宅で晩酌の類をすることなどまずなかったし。では、なぜ酒を飲むのか。それは、「人の本性に迫るため」である。となれば、僕もそれなりに本性を曝け出さなければならない。だから僕は酒を飲むわけだ。先に書いた同僚の小山さんとのやりとりもそれにあてはまる。

僕は、人と酒を飲むときには決まってテープレコーダーを鞄に忍ばせていたものだ。そして翌朝、録音した内容を聴きながら、「なるほど、ゆうべは収穫ありだったんだなあ」とか「無駄なカネをつかってしまったなあ……」などと、まあ、なんとも、陰気なことをいそいそとやっていたわけなのである。酒というのは使いようによっては、この上ないフィールドワークのツールになり得るわけだ（専門的には、究極のナラティブ・インタビュー法とでもいうのかな）。しかし、そのせいで僕の身体は間違いなく衰弱していくことになったと思っている。社会学と名の付く学問にこだわりをもって関わり合っている者は、それぐらいの覚悟をもって、人、そして「社会」に接し続けなければ、良い仕事なんぞ残せるはずがない。僕はそう思い続けてきた。そうだなあ、自分の子どもたち（長男の丈治、広島に来てから生まれた次男の雄介）にはやって欲しくない仕事、というか就いてほしくない職業の一つだなあ、といつも思っていたものである。幸い、二人ともまったく異業種で活躍してくれているわけで、ヤレヤレ、良かったなと思っている。

と敢えてここで、僕の酒に纏わる実際を紹介するには意味がある。これからしばしの紙幅を割き書いていくことになるエピソードの数々は、先に書いた哲学の大杉先生からのご示唆を踏まえた、僕なりの社会学の構築に向けた、大袈裟にいえば、いや、大袈裟でもないな、命懸けの仕事の連続だったわけで、少なくとも僕の後輩となるのかな？　体育・スポーツ社会学を専門に研究している人たちへの「研究者としての心構え」を伝えられればと思っている。無論、研究者以外の職種の方々にも何らかの共感を頂ければとも思うところであるが、う～ん、研究者を含め、「あなたの仕事に対するこだわり方は異常だよ」と思われるのがオチのような気もしてきたなあ。

総合科学部が設立されてすぐに「広島大学開放講座」なる事業の公募が出た。僕は、「これはチャンスだ！」と思い、二つの事業をプランニングし、応募するのであった。もちろん？　二つとも採択された。

一つは、「テニス教室」、もう一つは「コミュニティスポーツ研究会」の開催であった。

まず、テニス教室について書いていこう。広島市内のテニス愛好者、もしくは「興味はあるけどやったことはない」という人たちを対象とした教室であり、すぐさま定員の三十名が集まった。コーチはもちろん僕がやった。「教えることが上手な人」である僕のテニス教室は大好評であり、月一回の教室では物足りないという参加者の声に応えるべく、「では、クラブにして週一回、日曜日に集まるようにしましょう！」という運びになった。日曜日ぐらい家族サービスに充てるべきだったのかもしれない。でも、その頃の僕は、それどころではなかった。

クラブの名称は、「ヒロシマクリーンテニスクラブ」とした。老若男女が集い、最も多いときには、クラブ会員数が一〇〇名近くにはなっていたと思うなあ。

実は、僕のなかでは「クラブ」活動に対するある種のこだわりを持ち始めていた時期でもあった。広大に赴任してすぐの頃だったと思う。僕がテニスを専門にやっている（きた）体育教官であることを聞きつけたテニス部の主将と主務が「ぜひ、監督になっていただき、ご指導をいただけませんでしょうか」と言ってきた。悪い気持ちはしなかったものの、では、活動を観に行ってみるかと思いコートへと足を運んでみた。それなりの活動であった。さて、どうしたものかな……と悩んでいたときのこと、時の主将が言うのであった。

「先生、年度が新しくなったばかりで代替わりもしましたので、ＯＢを含めた総会を開催しますので、ぜひ、ご参加いただけませんでしょうか？」

とのこと。何事も経験かなと軽い気持ちで承諾し、会場に足を運び、まだ、監督でもないのに、なけなしの一万円を寸志として包んで会に出席してみた。そこには、数多くのＯＢが出席しており、僕のところに挨拶に来られたものである。

「伝統ある、広大庭球部をぜひ強くしてつかあさい！」

と。僕は瞬間的に、「だめだ……」と思ってしまうのであった。僕も学生時代、テニス部の一員であったわけで、主将も務めた。その際、それこそ、数多くのＯＢたちと諸々の関係を経験してきた。「部」とは「チーム」であり、その多くの「チーム」は先の広大テニスＯＢが発したように「強さ」を求める。僕の学生時代もそうであったのだが、「強さ」を求めようとした瞬間に、「排除の論理」が出現してしまい、自ずとそれを正当化せざるを得なくなってしまうのである。要するに、「おまえは、うちの部に必要のない奴だからさ」と切り捨てることができないと「強い」集団——「チーム」はできないのである。それが学生時代の僕は嫌でたまらなかった。というわけで、広大テニス部の監督要請については丁重に断ることにした。「部」の監督を務めるということは、それ相応の覚悟がなくてはならないのだ。そうなると、貴重な研究時間さえ削らねばならなくなってしまうのだから。要するに、僕は「チームの社会学」をやろうとは思わなかったわけだ。理由は簡単だ。性格的に向いていないから。ただ、それはそれで面白みを感じないわけでもない。ある意味魅力を感じてやまない研究テーマの一つでもあると思っている。

代わりにというわけでもないのだが、僕は先に書いたように「クラブ」を学内に立ち上げることになった。「クラブ」と「チーム」は明確に異なる。そのことは、僕が学生、大学院時代に教えていた女子大とその附属高校での指導のなかで経験的に悟っていた。最初のうちこそ、キャアキャアいいながらテニスボールを追いかけていた子たちであったものの、僕の「上手な指導」の効果もあって、一部の子たちはメキメキ上達していた。その一部の学生や生徒たちが言うのであった。

「インカレに出場して戦ってみたいです！」

「インターハイの都大会でしっかり戦えるようになりたいです！」

と。その発言に触れた「キャアキャアいいながら楽しんでいた」ままの状態であった子たちの表情が忘れられない。「あーあ、私たちはもうここではテニスができなのだ……」という悲しそうなそれであったわけだ。そのときは、「僕ももうすぐ教えてあげられなくなるから強くしてあげることは無理だよ」と言って逃げることにしたが、これがスポーツなんだな……、スポーツの楽しさというのは結局のところ、勝ち負けにこだわろうとするところへと向かってしまうものなのだな、と思ったものである。要するに、「チーム」は、構成メンバーが抱くことになる個々のニーズみたいなものにすべて応えることができない集団・組織なのである。では改めて、スポーツにおける「チーム」と「クラブ」の違いを説明してみよう。

「チーム」は、その構成員の目的意識（目標）が同一でなければならない。例えば、「インカレで優勝するぞ！」との目標が掲げられた場合、そこの構成員は皆、そのことの成就に向けた意識と姿勢でいなければならない。そのような、構成員の意識と姿勢をコントロールする役割を担うのがコーチであり、コーチの働きかけは「チームワーク」という名に象徴されることになるわけだ。であるからして、先にも書いたとおり、「チームワーク」にそぐわないメンバーは、ときとして、その集団・組織から排除されてしまいかねないわけなのである。それはある意味、残酷なものである。僕は主将をやっていた学生時代のテニス部活動で、何度か部員に対し、退部勧告をしたものである。もうあのような経験はしたくない。

それに対して「クラブ」はどうなのか。「クラブとは複数のチームの集合体」と理解できる。ん？　複数のチームの集合体？　そう、実はそうなのである。「クラブ」のメンバーのなかには、「ぜひともうまくなりたい！　全国大会で勝負できるような！」といったアスリート志向の者もいていい。そのような思いを同じくする者同士が「チーム」を形成すればいいのだ。しかし、それだけではなく、「私はテニスの素人、少しでもテニスの楽しさを知りたい」、もしくは「テニスを通じて素敵な出会いが欲しい！」という人たちもいていい。そういった志向性の人たちもまた「チーム」を形成できるわけだ。

つまりはだ、スポーツにおける、いや、スポーツに限ったことでもないのだが、「チーム」と「クラブ」は、その性格と趣を完全に異にするわけなのである。広大に赴任してからの僕は、「チーム」であるテニス部への関与――コーチとしての強くするための指導を放棄し、「クラブ」として多様な志向性が存在する「チーム」を上手に束ねる――マネジャーとして会員間、いや、「チーム」間の共存共栄の関係づくり、すなわち、会員の全員が共有できる「楽しさ」を提供する役割を担っていくことを選択したのである。もちろん、先に書いたように、「クラブ」においても、「より強くなりたい」との志向性を有する「チーム」が存在している。彼らに対しては僕の力の及ぶ限りでの技術指導――コーチングも実践してきた。自慢ではないが、彼らは確かに強くなった。やはり、僕は「教えることが上手い！」。

このようなスポーツ集団・組織論の考え方については後に「スポーツ集団におけるチームとクラブの差異」と銘打って研究論文にもまとめることになった。おそらく、スポーツ集団・組織をめぐる「チーム」と「クラブ」の違いについては、わが国で僕が最初に学術的な主張をしたはずだ。しかし、何人かの同業者たちに、あたかも自分が最初に気が付いたといわんばかりに使用されてしまったものだ。それは研究者としてのモラルに反することであって……、うーん、それ以上は書くまい。

もう一つの事業は、コミュニティスポーツに関する研究会を開催することになった。名称は、「広島コミュニティスポーツ研究会」（通称、コミスポ研）である。コミュニティとは「地域」という意味をもつわけで、当時は、「地域スポーツ」と名乗ることが多かった事情のなかで、時代を先取りして、「コミュニティ」なる単語を用いたわけだ。

コミスポ研のメンバーは、同業者である大学の研究者をはじめ、小中高校の先生、県・市町村の職員、体育指導委員（現在のスポーツ推進委員）あたりから始まり、当初の会員数は、そうだなあ、十五、六名程度であったと思う。但し、月一回の研究会のたびに、「この内容については、あの人が詳しいからつぎから参加してもらいましょうよ」が続いて、最終的な会員数は約六〇名になったわけだから凄すぎだと自画自賛したい。

研究会の一回目は、僕からの話題提供であり、「コミュニティスポーツをどう考えるべきなのか」という内容であった。その後は、会員が順番で話題提供していく。そのたびに「報告記」を執筆してもらい、会報として会員宛に郵送するわけだ。こういうところも僕はマメだった。

コミスポ研のメンバー構成が多様になってからは、それはもう僕にとって、「面白くてたまらない」ツールになった。なるほど、市民レベルではコミュニティスポーツはそう捉えられているのかと感じ入ったものだし、この研究会の声を行政のスポーツ施策に反映させられるようにしなくては、とも思っていたものである。実際、コミスポ研のメンバーであった県、市町村のスポーツ担当行政職員の多くもまた、そう感じていたようだった。

ということもあって、県や市町村のスポーツ振興計画策定、それにそのための住民実態調査の依頼がコミスポ研に多数舞い込んでくることになり、研究会としては、嬉しい悲鳴とでもいおうか、研究室はアンケートの山が幾つもできていたものである。学部生をアルバイトで雇い、データ入力してもらい、コンピュータに明るい同業者に分析をかけてもらい、報告書は僕が執筆するという分業体制も確立されていた。それらの内容——報告書をコミスポ研で紹介し、揉んでもらいながら完成させ、後のスポーツ振興計画の素案にも反映させていく。いつぞやは、「研究会ではなくて会社にしたほうがいいんじゃないのか」とさえ思っていたものだ。とにかく、多忙な中にも生産的な研究会活動だったわけで、手前味噌ではあるが、全国的にみてもかなり秀でた「シンクタンク組織」であったと思っている。最終的には設立一五年目に、コミスポ研会員が全員執筆する形で、『生涯スポーツチェック99』なるタイトルの本を出版することもできたわけだし。

コミスポ研活動では、何度か著名人をゲストスピーカーとしてお招きし、お話をお聴きする機会をつくっていた。なかでも印象深い方のお一人が、日本人で最初にオリンピックで金メダルを獲得された、アムステルダム五輪陸上競技三段跳び代表の織田幹雄先生である。織田先生は広島の海田町のご出身ということもあり、また、毎年、広島で「織田幹雄記念陸上競技大会」が開催されていたこともあり、陸上競技関係者をはじめとした、いろいろな伝手《つて》を頼って、コミスポ研での御講話を頂くことへのご快諾を得たわけである。最初に研究会として織田先生のお話しをお聴きしたのが昭和五八年だったなあ。その後、もう一回、昭和六二年にも。二回目は、コミスポ研だけではもったいないということで、市民公開講演会にしたわけだけど、いやはや、織田先生のお話は二回とも素晴らしい内容であった。

織田先生の座右の銘がまた素晴らしかった。「笑みを忘れず」なのである。研究会として先生に御記帳をいただいた際もその御言葉を著されていた。もちろん、個人的にもサインをいただき、その御言葉を入れて頂いたものである。織田先生は、大変フランクな御方であり、柔軟なご発想をお持ちであった。

「日本のスポーツは頑張れ、頑張れ、となるわけですが、諸外国は違うのです。レースの終盤、勝負所になると、リラックス！と言うわけです。もしくは、ヘイ！　スマイル！とも言う。文化が違うのです。僕らのスポーツシーンも変わらなくてはならない点が多々あるのかもしれない。変わらなくてもよいところもあるのかもしれない。スポーツを考える、研究する人たちは、頑張らずにリラックスして身の回りのスポーツを眺めてみるぐらいの余裕を持ちましょう」

素晴らしい！　感動ものであった！

織田先生とのお付き合いはそれ以降も個人的に続き、一度、箱根駅伝を一緒に観戦する機会があった（いや、一度ではなく何度かご一緒したかな）。途中、意識朦朧、フラフラになりながら走る学生たちを目の当たりにするなかで、僕は、おいおい、だらしないこと。しっかり練習やってるのかよ、と思っていたものである。しかし織田先生はまったく違った御思いであった。

「うーん、二十キロ以上走らせるのに途中で給水がないのはまずいですね。彼ら（フラフラになっている走者）の多くは間違いなく脱水症状です。早く学連に進言せねばなりませんね」

なのである。なるほど、先生の目は、まさに競技者目線、いや、アスリートファーストなのであった。「だらしない」などと思ってしまう僕自分の発想が恥ずかしかったこと。織田先生からはスポーツだけでなく、人の道とでもいうべき大きなものをたくさん授かったと思っている。心から感謝している。

ヒロシマクリーンテニスクラブ、それにコミスポ研の活動後は、ほぼ決まって、日向娘の二階広間で、反省会という名の打ち上げが開催されていたものである。会員の多くはこれが楽しみであったらしい。メインの活動には不参加ながらも、打ち上げからの参加者もいたほどだったし。

クラブのマネジャーであり、研究会の主宰者である僕は、専ら気配り屋に終始し、ビールやお酒を注いで回っては、会員とわいわいがやがやと盛り上がっていたものである。もちろん、打ち上げ時のやりとりも僕にとっては貴重なフィールドワークの場であり、機会であったので、小型のテープレコーダーを忍ばせながらの参加であったものだ。

日向娘の二階広間で繰り広げられるわいわいがやがやのなかでも、僕は次第に「気になる」言葉を見出すことになった。

「この打ち上げがあるから、コートでがんばれるよね！」

「研究会で頭を使ったからねえ、ここでの会話もまた勉強ではあるんだけど、楽しいよね。この時間が大好き！」

さらには、織田先生からは、

「皆さん、ここに来られたらたくさんお話しされますね。最初からこういう雰囲気で研究会したほうが面白いのかもしれませんね。とても大切な時間ですよね」

と言われたものである。

僕は、それらの「声」に接するなかで、うーん、こういう時間と場所こそが楽しいし、大切……という、なんとも表現できない、なにやら、研究者として、もどかしい心境に陥っていたものである。なんだろうなあ、それって、スポーツの本質なのかも……？といった感覚であったのかもしれない。

ある日の研究会だったかな、いつもの打ち上げが終了し、一階のカウンターで一人居残りをし、ホッとしていたときのこと。女将さんのかつよさんと、ときどきお見かけしていた初老のご常連さんと話をすることになった。

「荒川先生、今日もお疲れさまでした。あのねえ先生、お金はちゃんと割り勘にせんとだめよ。いつも先生が多く出しているじゃないの。そんなこと続けていたら破産するよ」

あれま、わかっていたのかと思いつつ、

「はい、そうですね。気をつけます。会計係をつくったほうがいいのかなあ」

「そうよ。そうしなさい！」

「はい。そうします」

「あのね、そちらの方、黒木さんっていうんだけど、ときどき見かけるでしょ。宮崎出身の方なのよ。黒木さん、こちら、広大の荒川先生」

「広大の先生ですか。偉い方なんですねえ」

「いえいえ、全然そんなことないですよ」

「私は宮崎の出なんですが、先生、宮崎の歌はなんかご存知ですか？」

「はあ、宮崎の歌？　フェニックスハネムーングらいでしょうか」

「ははは！　あれは有名になったですもんねえ。私はですね、県北の出身なものですから、刈干切唄が好きでですねえ。ご存知ですか？」

「すみません、知りません」

「どら、唄って聞かせましょうかね」

ここの山の　刈干ゃすんだよ
明日は　たんぼで　稲刈ろかよ
もはや　日暮れじゃ　追々かげるよ
駒よ　いぬるぞ　馬草負えよ
屋根は茅葺　茅壁なれどよ
昔ながらの　千木を置くよ　♬

僕は不覚にも頬に温かいものが流れているのを感じた。心に染み入るとはまさにこのときのことを言うのであろう。黒木さんの歌声もまた素晴らしかったし！朴訥とした黒木さんの歌声は、そこにいた僕だけではなく、女将さんの魂にも間違いなく訴えかけるものであったと思えてならない。魂の入った歌は、人の魂をこうも揺さぶるものなのかと感動さえ覚えたものである。

「黒木さん、素晴らしかったです！　僕、この歌覚えます！」

「そうね、今から教えてやろかね」

「ここの山の　刈干ゃすんだよ♪　はい！」

「ここの山の　刈干ゃすんだよ♪」

と歌唱指導を頂き、僕はその晩のうちに、刈干切唄をマスターするのである。「日向娘」ならではのことである。全部唄えるようになった僕の気持ちは、清々しいものであった。

そんな何とも言えない高揚感にも近い状態で、僕は、電車に乗り車窓の風景をぼんやりと眺めながら、覚えたての刈干切唄の歌詞を思い出していた。

「もはや　日暮れじゃ　追々かげるよ」

の節が何ともいえない郷愁というか、懐古の念とでもいうべきか、そうだなあ、中学生、高校生の頃の部活動の帰り道と重なり合わせて、改めて何ともいえない気持ち良さに浸っていた。と同時に、「はっ！」とした。クラブと研究会、それに織田先生が言っていた、

「（打ち上げの）この時間と場所が大好き」

がつながったのである！　僕は鳥肌がおさまらなかった。

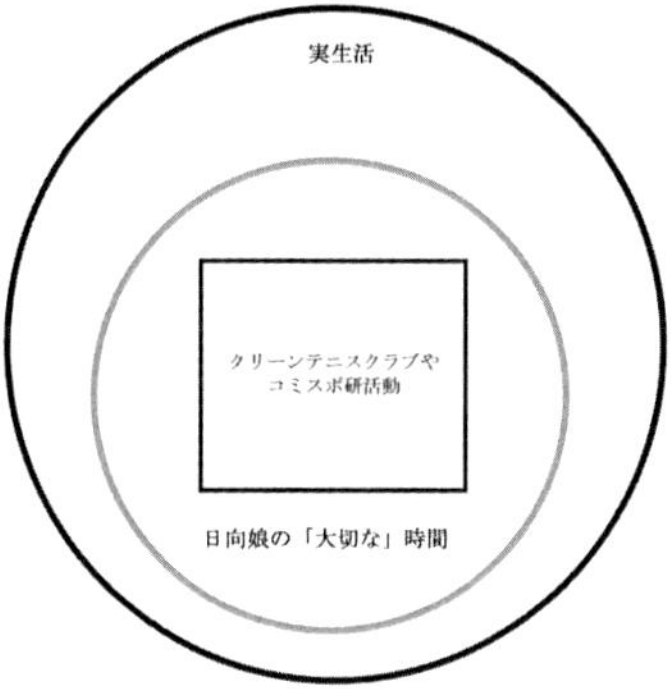

帰宅して早々、僕は机に向かい、「つながった」思いを図式にしてみた。大きな円があって、そのなかに四角形があって、その四角形の周りにまた円がある、こんな感じの三重構造の概念図である。

「なーるほど！！！」

僕は興奮状態であった。さて、これをどう学術的に仕上げてみせるか、その挑戦が始まるのであった。

この挑戦は、研究者としての荒川貞美の「背骨」（バックボーン）になり得ると直感した。だから僕は決意するのであった。このひらめきを明確な概念モデルにするまでは断酒しよう！と。クラブ、研究会の両活動後の打ち上げもウーロン茶にした。とにかく、こだわりにこだわってみようと固く決意することになった。

当時、ときどき、お邪魔していた哲学の大杉先生の研究室で雑談をさせてもらっていたとき、先生から発せられた内容はおおいなるヒントになった。

「荒川さん、広島の尾道出身の中井正一《まさかず》という哲学者がいるの。僕は彼の哲学が好きでね、そうそう、彼は、スポーツ気分の構造という論考を書いているよ。読んでみるといい」

と、山積みになっていた本のなかから、いとも簡単にその文章が書かれている論集を見つけ出し、僕に貸してくれたのである。すぐに読んだ。面白かった！

中井正一さんの『スポーツ気分の構造』は、こういった内容であった。

「広々とした地面がある。そのままであれば、何の変哲もないただの広場である。しかしスポーツに興ずる人々はそこに白線を引き始める。白線ができた途端、そこには、生と死、緊張と弛緩、さまざまな意味をもたらすことになるわけだ」

とは……、感嘆至極だった。さらには、

「三島由紀夫もまた云うのである。スポーツをスポーツたらしめるのは、シャワーの味に接した瞬間にほかならないと。緊張状態に終始し争い合う競技者は、なぜそのような苦闘に耐え続けられるのか、それは、闘い終えた後のシャワーを浴びる、その瞬間の味と匂いに魅せられて止まないからなのである」僕のなかでは、「なるほど!!」であったものの、同時に、「くそ、こういうスポーツの本質めいたことを哲学の人間が先に気付き、文章にしていやがったのか」との悔しい思いでもあったのである。むしろ、後者の思いの方が強かった。

僕の思いはこのあたりから、「空間かあ……」という思いに固執、いや、執着するのであった。日がな大学にいる間中ずっと図書館に籠りきりというときも多くなった。図書コードでいえば、三六〇から三六一を中心とした、つまり、社会学、社会思想史をはじめとした人文社会系の書棚の前に入り浸り、ときに地べたに座り込んで、おれの思いを成就させるための種本はねえのかとの思いで、ありとあらゆる本を読み漁っていた。

「あった!」

社会学の本ではなかった。またもや哲学。オットー・フリードリッヒ・ボルノウの『人間と空間』と出会えた！　原書はドイツ語なのだが、幸運にも和訳が出たばかりであった。この和訳本がなかったら、僕の思いを達成することはできなかったかもしれない。

彼の本には、「気分」なる語彙が多数あった。「なるほど、気分かあ……」。研究費でその本を購入し、それこそ、ほろぼろになるまで精読し続けた。繰り返すが、ドイツ語でなくて助かった。ボルノウの『人間と空間』が具体的にどう種本になり得たのか、それについては書かないことにする。一種の「企業秘密」である（笑）。これぱかりは内緒だ。あ、唯一人、後に弟子の一人となる男にだけは詳しく教えてやったなあ。

かれこれ、一年の断酒期間を経た昭和六二年六月、僕は、『「コートの外」より愛をこめ――スポーツ空間の人間学』なる本を上梓することができた。この『「コートの外」より愛をこめ――スポーツ空間論』を簡潔に紹介してみよう。

僕らが身近に接しているスポーツという語を深くみつめてみると、「移動」という意味合いを含んでいることに気付く。スポーツは、英語では、Sport である。S

に続くportは、「港」を意味する。空の港（エアポート）もしかりだ。このportを動詞にすると、portableになるわけだ。つまり、スポーツの本質は「移動」にある。何の移動なのか、それは「気分の移動」であるわけだ。先に示した三重構造の概念図が完成した瞬間だった。

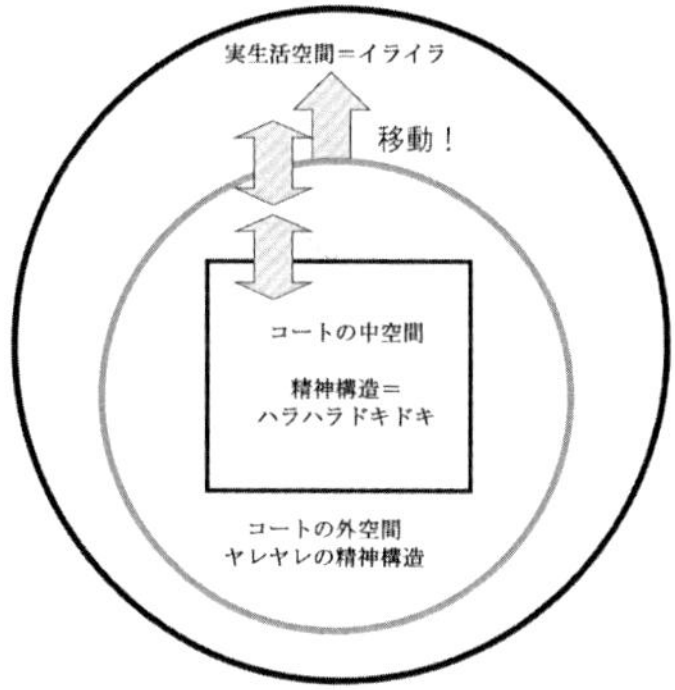

上の概念図をみてもらいながら以下の文章を読んでもらいたい。

僕らは日常生活を送っている空間がある。仕事や勉強をする実生活空間である。その空間での気分はどうなのか？　僕は敢えて、「イライラ」と表現することにした。だってそうだろう。仕事や勉強をはじめとして、僕らの日常生活は数多くのストレスと向かい合いながらこなされているわけだから。

その「イライラ」の日常空間のなかに、僕

らは「ハラハラドキドキ」できる空間をもっているわけである。その空間のことを「コートの中空間」と名付けた。「イライラ」している日常のなかで、僕らは、スポーツ活動をはじめ、コンサートや絵画の鑑賞、恋人との熱々デートでもいい、「ハラハラドキドキ」できる空間をもっているわけである。この「ハラハラドキドキ」と「イライラ」を上手に移動させることができたとき、僕らは日常の「イライラ」のレベルを下げることができることを経験的に知っている。スポーツ(S-port)とは、まさに、この気分の移動にこそ本質があるのだと主張したわけだ。だから「スポーツ」とは、身体活動を伴うものだけではなく、先に書いた例のように、人によっては、コンサートが、デートが、それにグルメめぐりが、といったように、大変「広義な」概念として捉えることができるわけである。

もう一つ空間がある、というよりもあったほうが好ましい。それが「ヤレヤレ」気分の「コートの外空間」なのである。僕らは、「コートの中空間」でおおいに「ハラハラドキドキ」するわけである。その「ハラハラドキドキ」が僕らにとって、「とても大切なこと」と認識することになるのは、「ハラハラドキドキ」した後の空間――「コートの外空間」で「ヤレヤレ」しながら、余韻に浸っているときなのである。そう、クリーンテニスクラブやコミスポ研の活動後、日向娘の二階で行われてきた「打ち上げ」は、「ヤレヤレ」気分を基調にした「コートの外空間」にほかならなかったわけなのである。

「実生活空間」「コートの中空間」、そして、「コートの外空間」という、三つの空間の気分を上手に「移動」できたとき、僕らは、生活自体が楽しく、メリハリの利いた状態へと誘われていくのである。

だから僕は名付けたわけだ。「コートの外より愛をこめ」と。日向娘のおかげで気が付くことができた僕なりのスポーツ社会学理論にほかならない。思えば、大杉先生から日向娘で頂いた「ご示唆」にあてはめれば、「スポーツという社会学」を体育の人間が発信できたとさえ自負している。やっとできた！　ふぅ、「ヤレヤレ」であった。

この本、体育・スポーツ以外の何人かの研究者や評論家からは、「面白い！」との評価を得ることができた。しかし、肝心要の「身内」の体育・スポーツ研究者からの評価は……、それでも、何人かの同業者からは「荒川さん、大仕事を成し遂げられましたな！」との声をかけてもらうことになった。それだけでも十分だろう。

それにしても、ベストセラーになったらどうしよう！と思っていたものであるが、その後、絶版本になってしまうわけで……。アカデミズムの大衆化は難しいものだ。あ、そうそう、後年、教え子たちが「コートの外より愛をこめ」の絶版を憂いてくれ、『スポーツクラブの社会学』なる本のなかで僕の本の内容を復刻してくれているのだ。興味がある方はぜひその本で僕のスポーツ空間論を読んでもらえれば有難いなあ、と思っております。

僕のスポーツ空間論は、学会でこそ、さほど相手にされることなどなかったものの、コミスポ研をはじめ、各種の講演会では大反響を得ることができた。「ヤレヤレ」の気分を基調とした「コートの外空間」の重要性は、多くのスポーツ関係者の「共感の的」になった。特に、施設整備の考え方へのおおいなるヒントになり得たとの声が多かったな。要するにだ。従来までのスポーツ施設整備は、利用者が満足できる「フロア」（コートの中空間）の充実にだけ目が向けられてきたわけである。「バレーボールコートを四面、バスケットボールコートならば三面つくれますよ。それに、サブアリーナもあって、国際大会にも対応可能です！」あたりの発想であったわけだ。僕のスポーツ空間論は、そういった「コートの中空間」の充実だけではだめであり、「コーチの中」の周縁《しゅうえん》に位置する空間の整備こそが施設利用者の満足度を高めること、さらには、まだ、スポーツ自体にさほど興味を持っていない人たちであっても、魅力あふれる「コートの外空間」に触れることによって、「コートの中空間」へと誘われていく可能性を秘めていることを主張している。具体的な「コートの外空間」とは、スポーツ施設にあてはめると、「清潔な更衣室・ロッカールーム」「ハラハラドキドキしてかいた汗を気持ちよく流せるシャワー、もしくは風呂の設置」「実際にはスポーツを行わなくとも活動を見学しながら食事やお酒を楽しめるレストランエリアの設置」等が該当することになる。

「なるほど、大切な発想ですね！」

数多くのスポーツ施設関係者が共感・共鳴してくれたものである。なかでも一早く、「コートの外空間」の設置を検討・善処してくれた業界が民間スポーツクラブであった。現在の民間スポーツクラブのほとんどには、きれいなお風呂があるし、飲酒もできるレストランエリアが併設されている。最近では、育児中の女性を対象とした託児所まで併設しているほどだ。至れり尽くせりと思われるが、スポーツ空間論的には当然の姿に過ぎないわけだ。

一方で、公共スポーツ施設はなかなか「一歩を踏み出せないまま」の状態が続いてきた。行政のスポーツ担当者の多くは、

「コートの外空間整備は利用者の満足度を高めるためにも大変重要な視点です！」

と言うのだが、なかなか実際には取り組めない。聞けば、

「スポーツの施設に風呂だ？　レストランならばともかく飲酒もできるだ？　役所としてそのような施設整備を許可できるわけがないだろ！」

という状態であったらしい。行政を取りまく古い頭を変えるには時間がかかりそうだなと思ったものである。諸外国（には僕は行ったことがないけれども。あ、一度だけ北京に行ったか）、特にヨーロッパのスポーツクラブや公共のスポーツアリーナには当然のように「コートの外空間」が設置されてきたわけで、そのおかげをもって、クラブやアリーナの収益も上がるという好循環が存在している。ま、そのうち、スポーツ行政の施設に対する考え方も変わって来るに違いない。

もう一つ、「コートの外空間」の重要性を体育社会学的に説明しておこう。

小学生に「好きな授業は何ですか?」と尋ねると、一年生から六年生の男女ともに、第一位の教科は「体育」であることが多い。我々は生まれながらにして身体活動を伴う「ハラハラドキドキ」が好きでたまらないのであろう。しかし、中学生、さらには高校生に同様の質問をすると、特に女子生徒の「体育が好き」の割合と順位は確実に低下してしまう。理由は簡単だ。学校体育施設の「コートの外空間」があまりにも貧弱であるからなのだ。二時間目が数学、三時間目が体育、体育でのハラハラドキドキ自体は「きらいなわけではない」ものの、体育の授業が終わり、四時間目の国語の授業に向かうまでには、十分間の休み時間しかない。「ヤレヤレ」しながら、体育の授業の余韻に浸っている暇などまるでない。それにも増して、更衣室は不潔な状態であることが多く、ハラハラドキドキしてかいた汗を流すシャワー設備もない。力を込めて整えてきた髪型やちょっとした薄化粧を治すための鏡もない。ないない尽くしの「コートの外空間」のせいで、女子生徒たちの多くは、「体育ってうざ!」になってしまうことは至極当然でもあるわけだ。

僕は、体育実技の授業は時間いっぱいはやらなかった。そうだなあ、終了一〇分前には授業を終え、更衣を含めて、その後はベンチで同級生たちと「ヤレヤレ」できるように配慮してきた。その発想が学校体育には欠落しているのである。だから、「スポーツは嫌いじゃない、でも、体育は嫌い」という生徒たちをつくりだしているのではないのか、と気付いて欲しい。スポーツという、我々にとって大切な文化を教材として用いている体育の役割は重要なのである。体育の授業を通してスポーツの魅力をしっかり理解できたとき、その児童・生徒たちは、卒業してもなお、自主的・自発的にスポーツを継続することになるであろう。間違いない！　だとしたとき、体育教師として敢えて書こう。大切にせねばならない視点は自ずと理解できるであろう。先に書いてきたとおり、体育授業を取りまく「コートの外空間」を整備および導入することに注力すべきなのである！と力説しておこう。

たかが「コートの外空間」、されど「コートの外空間」なのである。ふぅ、力を込めて書いたなあ。同業者である体育教師たちへの僕からのおおいなるメッセージであると受け取ってもらえると有難いと思っている。

とともに、この内容は、なにも体育やスポーツ場面にのみあてはまることでは決してないことも強調しておかねばならないであろう。僕らの社会生活には、「ヤレヤレ」できる「コートの外空間」の存在が不可欠であること、すでにお気づきのことであろう。僕にとっての「コー外の外空間」は、薬研堀の日向娘、いや、正直に書けば、日向娘も貴重なフィールドワークの場であったわけだから、むしろ、「コートの中空間」に近いのかな？

では、僕の「コートの外空間」とは？　改めて考えてみると、見出せないような気がしてきた……。まあ、僕の場合は、研究者であるわけで、絶えず「研究脳」が支配していたとでもいうかあ、はぁ……。皆さんにとっての「コートの外空間」はどこでしょうか？　どうぞ、生活にメリハリをもたらす大切な空間である「コートの外空間」を自分なりに創出してみてください！

「研究脳」かあ、咄嗟に記した言葉ではあるが、深いなあ。

僕は何のために研究をしてきたのか、改めて考えてみようと思う。

研究とは詰まる所、「己を知る業《わざ》」なのだと思う。研究（活動）を通して「己を知る」ためには、絶えず、批判的であらねばならない。批判とはまず自らに対して向けられなければならず、学術的な言い方をすれば、自己概念崩し――本当に今のままの自分で良いのか、自分の考え方に偏りはないのか、といった自らを客観的に見つめようとする意識と姿勢が大切になる。僕の場合、スポーツ空間論にこだわり続けてきた。そのなかで知り得た己とは、「結局のところ、僕自身が気分の移動を上手にできていない」ことに気付くことになったわけである（笑）。

人には皆、「研究」の機会があるはずだ。身近な事柄になぞらえれば、「このままよりも美味しい料理にするためには何を足して何を減らせばよいのかな」とか、あるいは、「このところ、競馬で負け続きだけど、今日こそは！　改めて出走馬のデータを見つめ直してみよう」とか。教育の場面もまさにそうであって、「どういう教え方をすれば、子どもたち全員が逆上がりを上手にできるようになるのだろう？」と考え、「研究」しているのである。その「研究」を通して、「自分に不足していたこと」や、逆に「自分が秀でていること」を知ることになるものなのである。「研究」は、英語で書くと「study」。一般的な日本語訳は、そう、「勉強」なのである。もっと僕らは、「研究」を気軽に考えるべきなのだ。そういった気軽で楽しい「研究（心）」が定着したとき、日本人の知的レベルは間違いなくこれまで以上に向上するのだろうなあ、そう思えてならない。「勉強を研究へ」、実はこれからの教育界に期待される大切な「概念崩し」なのではないのかなあ。

もう一言だけ。優れた教育者（指導者）は、研究心旺盛な人たちである。研究心旺盛な人のところには、惹き付けられるように人が集まってくることになる。だって、研究心旺盛な人は、概して「面白いひと」であるから。

「弟子」を持つということの意味

『コートの外より愛をこめ――スポーツ空間の人間学』を世に出してから、四年目のこと。僕は一通の手紙をもらうことになった。送り主は、群馬大学の津谷玄裕君という学生であった。素直な性格が滲み出ている文字で文章が綴られていたものだ。僕の本を読んで感動してくれたそうだ。ついてはぜひともお会いし、直接お話しを聞かせてください、とのこと。今どきの学生が、というのも失礼だな、本を読んで筆者に手紙を出し、直接お会いしたいとかいう奴がいるのか、と思い、正直びっくりしたが、これもまた正直なところは、嬉しかった。

すぐに返信をし、研究室に来てもらうことになった。どれどれ、日誌を確認すると、平成三年八月六日、なんだよ、広島の原爆記念日だったのか。

その後、津谷君は、うちの大学院に進学してくれ、都合三年間付き合ってきたわけであるけども、今では大分大学の教授になっているわけで、僕と同業者になってくれたわけだ。僕は、いわゆる弟子を持つことになったわけであるのだが、それまで、大学院生を持つことがなかったこともあって（持ったことがなかったわけでもないのだが）、僕と津谷君の関係はいつもギクシャクしていたというか、緊張状態の連続であったわけで、彼にもつらい思いをさせたと思っている。

というわけで、僕が師匠、津谷君が弟子という関係であった広島の三年間を、僕ではなく、津谷君に書いてもらおうと思う。僕も読んでみたいから！

荒川先生の下で研究活動のいろはを学んできました津谷玄裕と申します。私は、文章を書くことはそんなに上手な方とは思っていないのですが、荒川先生からは、お世辞でしょうが、何度か「あんたさあ、文章うまいよ！　いいよ！」と褒めてもらったこともありますので、臆することなく、書かせていただきます。よろしくお願いします。

私は、高校、大学と陸上競技の四〇〇ｍハードルをやってきました。

大学三年の春、初めて関東インカレ二部の参加標準記録を突破し、念願だったインカレの出場権を獲得できました。但し、本番では予選落ちだったわけですが。レース後、陸上競技部の監督であられた西山先生に結果報告に伺いました。

「先ほど、四〇〇mハードル予選に出場させてもらいました。結果は予選落ちです」

「知ってますよ、観ていたから」

「あ、すみません」

「いやあ、初めて君のちゃんとした四〇〇mハードルをみましたよ。なんだか、感動しましたよ。良かったな。でもまだまだ勉強が足りないんだなあ。あ、この本を読むといいですよ。今の君にはぴったりの本だと思いますよ。まあ、とにかくご苦労さん」

そのとき手渡された本が私の人生における「出会いの本」になるわけです。『コートの外より愛をこめ——スポーツ空間の人間学』でした。

私は荒川先生の本をすぐに読み終えました。そして、西山先生の研究室を尋ねました。

「先生、大変面白かったです。変な言い方ですが雷に打たれたような思いがしました。体育を取りまく人文社会科学ってこういうものなのかと、感銘を覚えました」

「それは良かったな。その本は君にあげよう。そこまで感動したならば、著者の荒川君（西山先生と荒川先生は大学の先輩後輩の仲であったようです）に手紙を書いたらいいですよ。そして、広島大学に行ってくればいい」

本の著者にお手紙を書く、そして会いに行けばいい、という発想はそれまでの私にはまったくありませんでした。なにせ本を書いている人は「偉い人」であり、著者に感想を述べるということ自体、まったく考えもしなかったことでした。私は意を決して、荒川先生にお手紙を書きました。すぐに返事が来、「達筆」過ぎてよく読めなかったのですが、ぜひお越しください、話をしましょうとの旨が書かれていました。その後、訪問日時の相談のためのお手紙を再送し、また、すぐに返信をいただきました。忘れもしない八月六日の午後一時に広大の荒川研究室でお会いすることになったわけです。

高崎線で上野まで行き、山手線で東京駅へ。久しぶりの東海道新幹線に乗って、広島の地へと向かいました。到着すると広島駅はごった返していたものです。「そうかあ、今日は原爆記念日だ」と思いながら、路面電車で広大東千田キャンパスへと向かいました。

初めてお会いした荒川先生は当時、四三歳だったわけです（五〇歳を過ぎた、今の私にあのときの荒川先生のような貫禄はまるでないなと思ってしまいます）。先生は、緊張仕切りの私を気遣ってくださり、「昼飯まだだろ？」と言い、キャンパス近くの中華料理店に連れて行ってもらうことになりました。ビールが出てきて、よく覚えていませんが数品の中華料理が出てきたと思います。

「あのさあ、僕の本読んで、こんなふうにお手紙もらったり、来てもらったりするの初めてなんじゃや。嬉しいよ。まあ、飲もうぜ。固くなりなさんな」

「ありがとうございます。本当に先生の本、感動しました。僕は、陸上をやっているのですが、高校のときからとても緊張癖があって、先生のスポーツ空間論を読ませてもらい、僕の生活になかった、『気分の移動』なる考え方が、すーっと腑に落ちました。それに、先生の本を読ませてもらって、社会学とは、人をみつめる学問なのではないのかなとも思いました。客観的に僕という『ひと』をみつめることができたような感覚に陥りました」

「すげえじゃんかよ！　完璧な読書感だよ。嬉しいなあ。そこら辺のメッセージを読み取ってくれたのかあ。まあ、飲みなよ」

と言って頂き、ビールを勧められました。

当時の私はある意味、怖いもの知らずだったのでしょう。こう尋ねてみました。

「あのお、もしよろしければ、先生のスポーツ社会学観をお教えいただけませんでしょうか」

「そうだねえ、あなたがさっき言った感想がほぼ僕の社会学観だよ。社会ってさあ、人の集まりで構成されているわけだよね。てことはだ、スポーツってさあ、やっぱり人が営んでいるわけだよね。それが、ときとしてチームになったり、クラブになったりする。チームでもクラブでも人と人との関係で成立しているわけさ、それがうまくいっているときは、心地良いスポーツライフってことになるし、そうで無い場合もあるわけだ。なんていうかあ、そうだなあ、スポーツ社会学ってさあ、そういった、スポーツの中にある人と人の関係のあり様を解釈し、適切に説明をする学問だと思うんじゃ。それが読み手であったり、聞き手のなかで『あー、それよくわかる』って思わせたら勝ちっていうかあ、社会学になるわけさ。まあ飲みなよ。久しぶりにまじめな話しをしてっからさあ、僕も興奮しちゃうよ。僕は、ときどき、広島弁が出るけどさあ、生まれは神奈川なんだぜえ」

「なるほどお！　頭が弱い私でもすごくよく理解できました。ありがとうございます」

「ていうかさあ、今日泊まれないの？　大学の宿舎取ってやるから」

「いえ、泊まるところは自分で押さえます」

「えーんじゃ。夜も付き合ってよ」

というわけで、広島大学の東千田キャンパスの隣にあった職員会館に泊まらせてもらうことになりました。夕方からは、後に「指導教官」となる東山先生他数名が集まって、薬研堀の日向娘という先生行きつけの小料理屋で小宴会を催して頂くことになりました。無論、その場においても、社会学論が活発に展開された、わけではなく、当の荒川先生はべろべろの泥酔状態になってしまい、

「おい、津谷！　宮崎出身って言ったろ。この店の女将さん二人とも宮崎なん

じゃ。何かの縁じゃんかよお！」

「宮崎ね、宮崎のどこね？」と女将さん。

「あ、清武です」

「あらあ、私は延岡よ」

「あ、僕の母親が延岡です」

「まあ、それはそれは。荒川先生良かったねえ、良い子が来てくれて」

「そうなんじゃ！　まあ、それはえーんじゃが、おい、津谷、刈干切唄歌えや」

「すみません、僕、刈干切唄知らないんです……」

「なんじゃいね、故郷の大切な歌じゃろうが。えーわい、わしが歌う」

と言われ、見事なまでの声量と音程、そしてなによりも魂の入ったアカペラの熱唱を目の当たりにすることになりました。私はその後すぐにCDを買って、「刈干切唄」を覚えることになります。素朴で、郷愁に満ちた素敵な歌です。

翌朝、前夜の御礼を述べに再度先生の研究室へと向かいました。先生は既に研究室に来ておられ、前夜の泥酔状態が嘘であったかのような佇まいでした。私は職員宿舎で一晩考えに考えたことを思い切って言ってみることにしました。

「先生、ゆうべはありがとうございました。ついては御相談なのですが。広島大学の編入試験を受けさせてもらえませんでしょうか。先生の下で勉強させてください」

「おいおい、それは嬉しい話しだけどさあ、今の大学は卒業してこいや。どうよ、大学院に来たらどうだい？　昨日来ていた水田君も大学院から僕のところで勉強してるんだけどさ、そっちのほうがいいと思うよ」

「……、はあ、なるほどですね。ありがとうございます。群馬に戻って考えてまたお便りさせていただきます」

そのような経緯もあって、私は、大学院を受験させてもらいました。

四年生の八月に広島大学大学院学校教育学研究科を受験しました。何とか合格することができました。大学院の受験日の夜、荒川先生、そして後に「指導教官」になっていただく東山先生、それに私の三人で会食の機会を設けて頂きました。

その際、荒川先生は、

「ねえねえ、ひやしやまさん、合格だろ?」

「それはまだ何とも言えませんねえ」

「なんだよお、いいじゃんかよお、教えてくれよ」

今にして思えば、当事者である私の前で、よくぞそのようなやりとりがなされたものだと呆気に囚われてしまいますが、荒川先生の執拗なまでの詰問に耐えられなくなった東山先生はこそっと「ＯＫ」マークを示してくださいました。

「なんだよ、早く言えよな！　津谷君、これでＯＫ」

と荒川先生は満面の笑みでいらっしゃったものです。

但し、大学院進学にあたっては、少々複雑な事情が存在していました。私が師事したかった荒川先生の所属学部は総合科学部であり、本来ならば、「総合科学研究科体育・スポーツ専修」を受験すべきところでした。しかし、総合科学研究科の体育・スポーツ専修はいわゆる理系領域と位置付けられていたこともあり、荒川先生は学部の卒論指導こそされておられましたが、大学院担当にはなれないというご事情がおありだったのです。後年、実際に私が大学院生になった折には、飲まれる度にその制度に対する不平不満を爆発させておられたものでした。

そこで、私は荒川先生の教え子である学校教育学研究科所属の東山先生のところに籍を置き、修士論文の主査は東山先生、そして、大学院講義も学校教育学研究科で受けるということになりました。それ以外の時間帯は荒川先生の下でスポーツ社会学をはじめとした指導を受ける、といった、いわば「ダブル指導教官」体制での大学院生活を送ることになったわけです。

さあ、広島での生活が始まりました。広島に到着したのが平成四年の四月一日でしたが、翌日の二日には荒川先生の研究室に出向きました。

「引っ越しお疲れさま。早速だけどさあ、これ、研究室の鍵、いつでも使っていいから」

と合鍵を頂くことになりました。その後、

「早速継いでなんだけどさ、今、広島市の報告書を書いてんだよね、ここからここまでのページ、あんた書いてごらん」

と、早速執筆作業に関与させていただくことになりました。荒川先生は、

「ちゃんと書けないことはわかっているの。あなたを預かる以上、少しの時間も無駄にできない。二年間しかないいんじゃけえ」

と言って、私の気持ちを鼓舞してくださいました。

　私は、大学院の入学式には出席していません。荒川先生に任された報告書の執筆作業で徹夜をしていたので、行く気にもなりませんでした。但し、大学院研究科のガイダンスには出なくてはなりません。私は、広島市中区東千田町にあった荒川先生の研究室から、距離にして六キロほど離れた学校教育学研究科がある南区東雲町《しののめ》まで自転車で移動し、ガイダンスを受けるとともに、東山先生への挨拶のため研究室へと向かいました。荒川先生同様に、

「引っ越しお疲れさま。僕の部屋の合鍵を渡しておくからさ」

と鍵をお預かりすることになりました。

　その後の生活はつぎのようなルーティンでした。朝、八時には東山研究室に到着、床の箒《ほうき》かけをし、先生の机以外の箇所を雑巾がけする。東山先生が来られたらご挨拶をし、

「何かお手伝いすることはありませんでしょうか」

と尋ねるも、いつも、

「特にないから、授業に行きんさい」

と送り出さしてもらっていました。ひとしきり大学院講義が終わったら東山先生の研究室に戻り、再度、

「先生、何か御用はありませんでしょうか」

と尋ね、

「ないよ」

との返答を受けたら、

「先生、では、東千田の荒川先生のところに行ってきます。何かご伝言等はございませんでしょうか」

と尋ねる。そこに関しては時々御用を仰せつかっていたものです。

東千田町の荒川先生の研究室に着くのは概ね一四時から一五時の時間帯であったと思います。早速、課せられていた報告書の作成作業に取り掛かりながらも、

「あ、それ、後回しでいいから、今から市役所の文化課に行こう」

とか、

「県体協に行くよ」

とか、

「今日は県教委」

とかとかで、最初のうちは「外回り」が多かったこと。その行く先々で私のことを紹介してくださり、「僕がいないときには、津谷君が対応することが出てくるでしょうから、お見知りおきを」という次第でした。

私は、荒川先生の研究室にいるときは基本、先生が帰られるまでは必ず研究室にいると決めていました。その後、研究室の掃除をし、与えられていた仕事、さらには、大学院講義の課題等をこなし、帰宅は概ねいつも二二時頃でした。絶対にこの生活を二年間やり遂げると心に誓って広島の地に来たこともあり、その頃の僕は苦痛でも何でもありませんでした。

学期初めの数ヶ月は節約の意味もあって、自転車のみでの移動だったのですが、荒川先生、東山先生ともに自動車の運転免許を持っておられない方々でした。二人の指導教官と私の間のペースが徐々に定着し始めると、

「明日は車で来てよ」

が増えてきたものです。東山先生は、県の陸上競技協会の役員でいらっしゃり、その関係で出来立てのビッグアーチ（陸上競技場）や陸上競技協会事務局への送

迎が多くありました。荒川先生もまた、

「明日はどこそこ、まわらなくてはならないからから車で来て」

ということが増え始め、ご自宅までお送りすることもよくありました。

あ、そうそう、「どこそこまわっていた」ある日の会合でのこと、

「津谷君、あんたこの議論についてどう思う?」

とコメントを求められ、私はその場の雰囲気からしたら、かなり批判的な内容を発言したことがありました。内容の詳細は覚えていないのですが、

「ヒロシマ=平和都市という言葉に何度も接してきましたが、正直、広島はそれしか売りがないのか、との思いになったりもします。平和都市は前提としながらも、もっと異なる都市計画こそが求められるべきなのではないでしょうか。サンフレッチェというJリーグのクラブができるそうですが、荒川先生のクラブ論からいけば、広島カープでいいでしょ。カープというクラブ組織の中に野球、サッカー、それにJTのバレーボールのトップチームがある。そういう全国に先駆けた発想の方が大切なんじゃないのでしょうか」

今にして思えば、随分と怖いもの知らずの発言をしたものです。荒川先生はそ

の場では何も言われませんでしたが、研究室への帰路、

「ちょっとこの店に寄ろうぜ」

と言って某紳士服店に立ち寄ることになりました。何を買うんだろう?と思っていたら、店員さんに、

「この人(私)の採寸してもらって適当なスーツ一着もらおうか」

と言われるのでした。

「今日のあんたの発言には感動したよ。ご褒美じゃ!」

と言って、スーツを一着誂《あつら》えてもらうことになってしまったのです。恐縮しきりの私に対し、先生は、

「えーんじゃ、えーんじゃ」

そのスーツは、その後の学会発表や修士論文発表会といった大切な機会には必ず着用していたものでした。但し、今では体格がでかくなりすぎてしまい、着られないからだになってしまっていますが、大切に保管しているスーツです。荒川先生はそういう先生でした。その代わり、つまらない発言をしたときは容赦なく激しい叱責を飲みの場で頂くことになるわけですが。あれは辛かった……。

当時の私の自宅には敢えてテレビを置かず、家にいるときは、いくら疲れていたとしても最低でも二時間は論文を読むと決めていました。しかし、後期になってしばらくした頃、荒川先生から、

「社会学やる人がテレビの情報を気にしないってのもおかしいぜ」

と言われ、渋々中古の電気製品を取り扱っている店に出向き、テレビを購入することになりました（そのテレビ代も荒川先生が出してくれました）。その頃はとにかく、二人の指導教官から言われたことはなんでもやると決めていたし、絶対に良い修士論文を書き、先生方の教えを基に学問を究め、教員として宮崎に帰るのだと決めていました。しかし、そのような決意は後期に入ってほどなくして大きな転機をみることになったわけです。私は、当初の目標であった高校の教員ではなく、大学職に就こうとの思いに目標が変わっていくことになるのです。それは荒川先生とのやりとりのなかでそうなりました。

「僕はあなたを預かるにあたって言っておきたいことがある。僕が持っている知識や知恵の類は、惜しげもなく、あなたに見せるし、場合によっては指導していく。その先にあるのは、研究者の道にほかならない。なぜならば、僕と東山

さんは大学の研究者であるからして、極端に言えば、研究のあり方しか伝授できないの。どうよ？　高校の先生をめざすと言っていたけども、その気に変わりはないのかい？　そうであるならば、それなりの指導で留めるよ。今答えなくてもええんで。高校の教員をめざすのか、大学職をめざすのか、近いうちに意志表示しなさい。東山さんには僕からそのことを伝えるから」

と言われたのです。

私は一晩寝ずに考え、翌日はいつものルーティンを逆転させ、朝一番で荒川先生の研究室へと向かいました。先生が来られる前に研究室の掃除を済ませたところで、丁度、先生が来られました。

「あれ、今日はこっちが先なんだ」

「先生、昨日頂いたお話しのお返事をさせていただくために、今日は朝一番でこちらに来ました。研究者をめざします。御指導よろしくお願いします」

「もう少し考えてからでいいんだぜ」

「いや、一晩寝ずに考えました。全国、どこへでも行きます。研究者をめざさせてください。そのための御指導よろしくお願いします」

「……（先生にしては珍しく沈黙の時間が続く）、わかったよ。東山さんにも僕からそう伝えておく。但し、就職まで何年掛かるかわからないよ。それでもいいのね？」

「はい、まずは、先生の社会学を吸収させていただければ私はいいです。就職についての覚悟も決めてきました」

「わかったよ、力まない力まない、リラックスしてよ。力んでいる頭からは面白い発想なんか出ちゃこないんだからさ」

というわけで、私の研究者への長い道のりがこうして始まったわけです。

とはいいつつも、私の日常生活の「苦しさ」の度合いは日に日に増していくことになりました。

「研究者をめざします」

と宣言した私に対して荒川先生、東山先生は、容赦なく厳しい指導をしてくださいました。大学院一年次前期終了時ではあったものの、まだ修士論文のテーマは決まっていませんでした。それでも、荒川先生は、

「とにかくさあ、今のあんたには、文章を書くトレーニングが不可欠」

との指導方針を示され、大学院一年次の九月には地元の学会誌に投稿する論文を書かせて頂くことになりました。併せて、初めての学会発表も課せられ、忘れもしません、大妻女子大学で学会発表デビューを果たしたわけです。

思い返せば、私は、大学院時代だけで修士論文以外に原著論文二編、報告書（共著）三編、学会発表四回をこなしていました。

「業績がないことには研究者の道はない」

との荒川先生の方針に拠るものであったわけです。但し、肝心要の修士論文は、

「とりあえずの修論じゃのお、だから何？って感じの内容だよな」（荒川先生談）のレベルに留まってしまうわけです。但し、東山先生からは、「修論を発展させて何本か論文を書けばいいんだからさ」

と言われ、少しホッとしたものでした。

猛烈なまでに数こそつくった大学院時代の研究活動でしたが、私の中では「上滑り」とでもいうべき思いを抱き始めていました。

「この論文（研究）は、どこが社会学的な切り口になり得ているのか」

とか、ソフトを用いて統計解析をするわけですが、

「なぜ、この数値で有意差とか相関とかの有無を言えるのか」

といった、いわば、研究の「基礎中の基礎」のトレーニングを徹底的に指導されていないのではないか、という不満と不安を抱き始めていたように思うのです。

そうこうしながら、時間が過ぎていくなかで、

「何となくしっくりこない」

いや、正直に書けば、苦痛にも近い思いが私に襲い掛かってくるようになっていました。

「午前中は東雲、午後からは東千田」というルーティンこそ継続できていたものの、当時の私は、二人の指導教官に気を遣うことに対し、疲労感とストレスを抱き始めていたのだろうと思います。学校教育研究科にいるときには、他の教官から、

「あなたは東山さんが指導教官なのだから、そこは外しちゃだめだよ」

と言われていたし、荒川先生は独特な世界観を持たれている方で、ちょっとついていけないよとの思いを抱くことが多くなっていました。例えば、荒川先生は、

僕の仕事上のミスであったり、力量不足を直接指導することなどまずありませんでした。指導は酔ったときの酒宴の席（その多くが日向娘）、もしくは、同じく酔った状態での電話が常であり、そのたびに私は、「素面《しらふ》のときに直接言ってくれよな……」と傷ついていたものでした。

今にして思えば、荒川先生のような、「怪物的な」研究者はこれから先、少なくとも体育・スポーツ研究の分野においては、まず間違いなく現れないと思います。荒川先生は、

「一度決めたことは何が何でも成し遂げる」

そしてまた、

「誰もが思いつくはずもないであろう発想（アイデア）と概念モデルつくり」に対して、並々ならぬエネルギーを惜しげもなく費やせる方であったからです。とにかく凄い先生であり、学者であったと思えてなりません。今にして思えば、もう一度あの頃――大学院一年生時代の生活をやれ、と言われても絶対に無理だと思っています。

特にその時期、荒川先生は精神状態が少しおかしかったように思います。最も

大きな理由は、総合科学部をはじめとした東千田キャンパスの東広島市への移転が翌年に迫っていたことにありました。

「あんな山の中で社会学なんかできっかよ！」

とか、

「爆弾仕掛けて新しいそうか（総合科学部）の建物爆破できねえもんかな」

とか、物騒な物言いを半ば本気でされておられたものでした。それに、

「あんたはいいよな。東雲にいられるんだからさ」

ともよく言われていたものです。私はそれまでどおり、荒川先生が東広島に行かれても午後からは通おうと思っていたのですが、

「あんたの拠点は東雲じゃけえねえ」

と、これもまた酔ったときに言われ続けることが苦しくてたまりませんでした。

「おれは、荒川先生に師事するために人生を懸けて広島に来たんですよ！」と何度心の中で叫んだことか。


大学院の二年生になると、荒川先生が東広島キャンパスに移られたこともあ

り、僕の生活は大きな変化が生じることになりました。学校教育研究科にいる時間が大部分を占め、荒川先生との接点がほぼ無いに等しい時期も生じました。

「あの、大学院の一年目は何だったのだろうか」

との思いに苛まれつつ、何となくバーンアウトにも近い感覚に陥っていたように思えてなりません。

私はその頃、

「荒川先生が広大にいらっしゃるならば、主査にはなってもらえないにしても博士課程に進学しよう」

と考えてはじめていました。学費は当時、東山先生にお世話を頂いていた複数の非常勤講師の給料で賄えるとの計算もしていましたし。しかし、事情は一変しました。

「ここに居たってずっと教授になれないんだからさあ」

という言葉とともに、荒川先生は、新設の広島市立大学に異動されることになったのです。行先を見失ってしまったかのような心情にあった私のことを慮ってくださってのことであったのでしょう、荒川先生からは、

「あんたさあ、まだ就職決まってないしさあ、非常勤やりながら、広島市立大学の特別研究員になりなよ。そういう感じで大学側とはもう話ができているから」

と言ってくださいました。私のなかでは正直、「どうとでもなってやるぜ」との思いでした……。

というわけで、私は修士課程を修了後、複数の非常勤講師を務めながら、荒川先生が赴任された市立大学に通うという、新しい生活ルーティンを半ば強制的に確立せざるを得なくなりました。幸か不幸か、その年には、広島でアジア大会が開催されました。荒川先生はその式典関係の委員、東山先生は陸上競技種目のお偉いポスト、私も陸上競技の補助員として関与させていただきましたが、「これもまた、貴重な研究の機会」と自身の中で納得せざるを得ない状態であったように思います。アジア大会への関与は、確かに貴重な経験であったと思っています。荒川先生とともに、アジア大会に関する市民調査ができましたし、そのデータを基に論文も書かせてもらいました。

そんなこんなの生活の最中、期限付きではあるものの、大学職の話しが飛びこんできました。福岡の某私立大学の助手（二年任期）の話しでした。荒川先生は、そういうところは本当に義理堅い方で、私と一緒にその大学に出向き、所属する研究室の教授と助教授にご挨拶をしてくださるのでした。アジア大会が終わってすぐの、初秋の候とは思えない、暑い日のことでした。

荒川先生との師弟関係を振り返ってみますと、正直なところ、本当に苦しかったです。私にとって、荒川先生のような性格の方との接点は初めてでしたから。ということは、荒川先生もまた、私との関係が苦痛だったと思えてなりません。先生は、「先の先を読んだ」動き方を期待される方であり、当時の私はそれがまったくできませんでしたから。

ただ、一度か、いや、二度だったでしょうか、日向娘のカウンターで横並びに座り、日本酒の熱燗を酌み交わさせて頂きながら、言ってもらった御言葉が私のなかでは宝物です。

「あんたの文章は上手い。文章が踊っている。なかなかそういう文章は書けない。これはまじ。お世辞でも何でもない。ときどき、負けたなと思うことがあったよ」

多分なるお世辞であったと思っています。ただ、この御言葉で私は今を生きられています。

先生、私は先生の下を巣立ってから、先生が私に伝えたかったことがやまほどあったのだということに気付きはじめました。なかでも、研究に対する取り組み方、研究発想の立て方、それに、自身の思いを文章として紡いでいく際のこだわり方、さらには、人として、人に対してどのような心構えで接するべきなのか等々、です。心理学の用語でいえば、「レミニッセンス」とでもいうのでしょうか、後からあとから、「あー、先生はこういうことをご指導頂いていたのかあ」と理解が膨らんでいく感覚が数多くあるのです。

怒られるかもしれませんが、先生は、「短気」で、「プライドの高い方」であり、「極度の負けず嫌い」でもいらっしゃいました。私にも、それなりのプライドはあったと思っています。しかし、「極度の負けず嫌い」というわけではありませんでした。宮崎の人間ですので、宮崎弁でいえば、「てげてげ」精神がすぐに出てきてしまい、まあ、これぐらいでいいだろとなってしまいます。そのような私の性格と性質に接しておられるなかで、先生はイライラされることが多かったはずです。但し、いつの日か、荒川先生を超えて見せよう！　いや、超えることはできないと思います。だから、荒川先生とは異なる津谷玄裕なりのスポーツ社会学を構築し、「先生、僕なりに面白いこと考え抜きました」と言って、じっくりお話しをさせてもらいたいと思ってきました。

私も五三歳になりました。研究者であり、教育者となって思います。「教えることは学ぶことなのだな」と思うことが常です。先生がいつもそう思われ、我慢の日々を過ごされておられたこと、今更ながらにして心から感謝致します。

先生、申し訳ありませんでした。そして、本当にありがとうございました。

なあーるほどねえ！　読み入ってしまったよ。

うーん、こういった文章に接し、コメントをするのも無作法というか、格好悪いような気がしてきたので一言だけ。

「師匠と弟子とは、お互いさまの関係だよ」

あなたは何度かこれから書く話をしたとき、「覚えていない」と言っていたけど、僕は嬉しくてたまらなかった。いや、違うな、あなたのことを羨ましいと思ったことがある。

あなたが広大の大学院に進学してきた年のこと、創部二年目だったトライアスロン部の遠征に付き合ってもらったことがあったよね。広島県北の比婆山スカイランって大会だった。僕はあなたに、

「このままで現役の陸上競技部員だったわけだしさ、あなたも一〇キロの部に参加すればいいじゃんかよ」

って言ったよね。あなたは、渋々ながらも力走していたなあ。

あなたにも移動の車出してもらって、一泊二日の遠征だった。レース後、かれこれ、三時間近くかけて、広大に帰ってきてからのこと。主将を中心とした「終わりの集合」をし、それも終わりに近づいたとき、あなたはこう言った、いや、言ってくれたよ。

「ちょっと待て。レースに参加した反省ばかり述べているけども、肝心なことを忘れてないか。ご多忙にもかかわらず、先生は一泊二日の遠征にご帯同頂いたんだぞ。それに交通費も出してもらっている。先生に対する御礼の言葉が一つもなかったな。どういうことだ？　基本中の基本だろ！」

とね。

あれは本当に嬉しかった。学生に対するお説教、というか、適切な指導のしかたに迷ってばかりだった僕にとっては、まさに「代弁者」になってもらえた瞬間だった。できたてのトライアスロン部ということもあって、部員たちもそういった礼節に対する意識が希薄だったんだよな。それを見事に指導してくれた。あのときばかりは、僕があなたに教わったよ。だから、師匠と弟子とはお互いさまの関係であるわけだ。

もう一つだけ書いておこう。

あなたが僕と同業者になって、お弟子さんを持つようになってから何年目だったかな、三年目ぐらいかな。あなたから送られてきたお弟子さんの卒論のテーマをみて、びっくり仰天したものだよ。

「荒川貞美のスポーツ空間論に対する批判的考察――「コートの外」空間概念に潜む欠陥とは」だったよね。卒論ということもあって、内容的には、「元気いっぱいの批判的論考でよろしい」との感想だったように思うけども、弟子の弟子、すなわち、孫弟子が僕の理論を批判してくるとはねえ。嬉しかったよ。懐かしの九大六本松キャンパスで開催された日本スポーツ社会学会だったよね、あなたは、その卒論を書いた女子学生を紹介してくれたね。可愛らしい女子学生で、娘のいない僕はすっかり舞い上がってしまって、抱きしめてあげようかと思ったけど、グッと我慢して、「とても、面白い卒論だったよ。さぞかし、津谷先生には厳しく指導されたんだろうね。お疲れさま」というに留まったなあ（笑）。

僕にも師匠がいた。竹上久三先生という大先生がね。あなたは僕のことを師匠と思っているのか？　おそらくはそう思ってくれているに違いない。そして、あなたは弟子を持つことになった。あなたも師匠という役割を担っているわけだ。

師匠と弟子の関係は、「お互いさま」と書いた。その真意はね、僕らは、弟子から始まり、師匠となり、弟子を持ち、育てることになる。「お互いさま」とは、言い換えれば、「教え、教えられる間柄」にほかならなくて、そういう間柄――関係は、いわば、「順送り」で成り立っているということなのさ。あなたもまた、弟子に教えることを通じて数多くの学びを得ているに違いない。そういう姿勢でいてもらわないと困る。とはいえ、僕の場合は、あなたをはじめとした弟子が「面白いこと」を主張した瞬間にライバル心に燃えてしまう人間だったけどね。

「一言」が長くなったなあ。まあそういうことだ。

おわりに――おらは死んじまっただあ♬

僕が東京教育大学の学生であった頃、ザ・フォーク・クルセダーズというインテリメンバーで構成されたフォークシンガーグループが世に問うた「帰って来たヨッパライ」という歌がよく流れていたものである。

「おらは死んじまっただあ♬」

かあ、何を云わんとしているのか、さっぱりわからない歌であったなあ。

ただ、歌詞の最後が気になってしかたなかったものだ。

「おらは生きかえっただあ♬」

かあ……。やはり、京都大学医学部の学生をはじめとしたインテリな奴らの発想は、次元が違う、というか、実は深い思想に満ちているのであろう、ぐらいに思っていたものである。

僕は、福岡、広島の地で「ヨッパライ」を地で体現したわけであるが、そこではじめて、「帰って来たヨッパライ」の意味、いや、真意がわかったのである。そう、ヨッパライのときは、「死んじまっただあ」であり、ヨッパライから覚めてしまったときが「生きかえっただあ」なのだと。これって、僕がこだわりにこだわり抜き、紡ぎ出した「スポーツ空間論」と根っこは一緒であるわけだ。

人は皆、非日常を希求してやまないのだ。なぜなのか？　それはおそらくだけども、「自らの日常を正当化しようとするがため」なのであろう。モーレツなまでの勤労に向かい合っていた当時の僕ら世代は、日常と非日常の区別みたいなもの、言い換えれば、日常を忘却できるほどの非日常を欲してやまなかったに違いない。

「帰って来たヨッパライ」とは……、これもまた、負けたな……と思ってしまう「名作」の一つであると、今さらながら思ってしまう。

平成一二年の秋、僕は肺癌を患うことになってしまった。研究室で津谷君に喫煙を許してきたせいかもしれない（笑）。まあ、僕も酒の場ではもらい煙草をしていたものだけど、ヘビースモーカーではなかったわけだから、煙草が直接的な肺癌の原因ではなかろう。むしろ、若い頃からの「気遣い」と暴飲の数々にこそ真の原因があるに違いない。

そんな折、津谷君から就職の相談が舞い込んできた。同時期にスポーツ社会学の公募が三つの大学から出たのである。そのうちの一つが大分大学であった。僕は迷わず津谷君に言うのであった。

「大分大学一本でいくよ。ほかの二つには出さなくてよろしい！」

と。

丁度、大分での講演の仕事が入ったこともあり、途中、博多で途中下車をし、津谷君が勤めていた福岡市体育協会の上司も交えて、「作戦会議」の機会を設けてもらった。正式な職にも就いていない状態なのに、既に結婚をしていた津谷君のことが僕は気になって仕方なかった。少し事情は違うのだが、大学院時代に学生結婚をした自らの辿った境遇と重ね合わせてしまうようなところがあったような気がしてならなかった。

中洲での「作戦会議」も無事に終え、今後の動き方を確認したところで、久々に津谷君と二人きりで博多駅へと向かうことになった。

「先生、大分までの切符はお持ちなのですか？」

と津谷君。

「うん。もう持っているよ」

「ちょっとお預かりしてもよろしいですか。先生、ここで少し待っていてください」

と言う。なにやら、みどりの窓口でやりとりしていたなあ。戻ってきた津谷君は、

「先生、大分まで二時間少しかかります。ゆっくり移動されてください」

と言って、グリーン席の切符を持ってきてくれたのである。

「おいおい、おれ、自由席で良かったのに……、ありがとう」

この機会に伝えておくかと思い立ち、

「津谷君、僕ね、癌なんじゃ。肺癌。今回の公募、絶対決めよう！」

それを聞いた津谷君は絶句していたものであったなあ。まあ、立場が逆であれば僕もまたそうなっていたに違いない。

なにやら、涙目になっている津谷君は、僕の姿が見えなくなるまで、ずっと頭を深々と下げていたな。

大分での講演が終わってすぐに、僕は大分大学の新城さんという大学院時代の同級生に電話を入れてみた。さほど、親しい間柄ではなかったものの、一度、新城さんが書いた論文がとても面白くて、僕の論文に引用させてもらったことがあって、その際、僕が書き終えた論文と手紙を送った、という間柄であったのだ。彼は、体育原理が専門であったものの、その後、しばらく、彼とは「文通」による研究の意見交換をしたものであった。同い年であったこともあり、学会で会うたびに近況報告をし合うという状態が続いていた。

大分市内の講演会場からタクシーで大分大学へと向かい、新城さんの研究室にお邪魔させてもらった。

「新城さん、こちらでスポーツ社会学の公募が出ているでしょ。僕の教え子を採ってもらえませんか。人間は間違いありませんから。僕のような変わり者の下で辛抱して過ごしてきた男です。きっとこちらのお役に立つ人間です。私が保障しますから」

と思い切って言ってみた。すると、新城さんは一言。

「わかりました。荒川さんの御弟子さんであれば間違いないでしょう。このことは、ご本人をはじめ、誰にも内密でお願いしますよ。荒川さんと僕のなかでの契りと私は承知しましたので」

「ありがとうございます。もちろん、私は死ぬまで誰にも申しません。何卒、何卒よろしくお願い申し上げます」

このやり取りは、後年、新城さんが津谷君に伝えたらしい。なりふり構わずとはまさにこのような動きをいうのであろう。無事に津谷君の人事はうまくいくことになった。一安心だった。そしてまさに、ヤレヤレの心持ちであったものだ。

僕の肺癌はステージⅠであったこともあり、ひとまずは完治した。しかし、主治医からは余命十年確率五〇％と言われていた。

僕はもう一仕事！との思いで、研究者生活の集大成を残すべく、執筆活動に勤しむことになった。平成一五年六月に『クラブ文化が人を育てる――学校・地域を再生するスポーツクラブ論』を上梓することができた。僕にとっては遺稿のつもりで書いてきたし、実際、遺作になったわけであるが。

その出版記念祝賀会兼「生前葬」を東京の表参道で開催してもらうことになっ

た。会の企画から運営にあたっては、津谷君も尽力してくれたものである。なぜ東京だったのか？　僕のリクエストでそうしてもらったわけだ。思えば、一四歳で東京の地を後にし、「いつかはここに戻って来るぞ」と思いながらも、結局はそれが叶わなかったわけである。憧れの東京、であるとともに、恨みに満ちた東京、で「生前葬」と銘打った会を催してもらうことは、僕なりの「最後の自己主張」でもあったわけだ。

その会が無事に終了したときのこと、僕は例によって？裏方にまわってくれた津谷君をはじめとした教え子たちの慰労会をしようと思い、「近場でちょっと二次会やろうぜ」と誘ったものである。彼らから返って来た言葉は、

「いえ、結構です。先生、今日はご家族で過ごされてください」

であった。

こっちは、気を遣って言ってるのになんだよ！と思ったものであるが、彼ら弟子たちの心遣いが嬉しかった。思えば、東京の地で家族四人が一堂に会し、時を過ごしたのはあれが最後であったように思うなあ。

平成一八年十一月二十二日、僕は、死んじまっただあ。享年六十一であったわけだ。なので、この本の文章も僕が書いたわけではない。文章は、弟子の一人である津谷君が書いたものである。

別に頼んだわけでもないのだが、津谷君は僕の墓参りに来てくれるたびに、

「先生、先生を題材にした小説を書いてもよろしいでしょうか？」

と言っていたものである。

「あー、いいよ」

と言ったことは一度もないのだが、彼のなかでは着々と本の構想を固め始めていて、

「まあ、しかたねえか」

との思いに至ったというのが真相なのである。

とは言いつつも、津谷君がぼちぼち執筆し始めた文章を空の上から垣間見るに付、

「いいじゃんかよ、あんた、そんなことまでおれ話したことあったっけ？」

の連続であり、せっかちな僕はといえば、

「早く書けや！　早く脱稿させて世に出してみてよ！」

と、津谷君を急かし続けていたものである。

何度も津谷君の夢に登場し（皆さん、死んだ人はそういうことができるのです！　お楽しみに！）、そのたびに津谷君は、がばっと起き上がり、夜中にもかかわらず、身支度を調え、研究室へと向かい、いそいそ?とこの文章の執筆をしてくれていたわけである。

あのさあ、そろそろ脱稿だよね、もう、あなたの夢にも出ていかないし、正直に書けば、あなたの寝室がときどき、ギシギシって軋んでいたろ、あれも僕の仕業だから！「寝てないで書けや！」ってね。それももう終わりにするからさ。この文章、自費出版になるのかな？　大学生の子どもを二人抱えているあなたの現状を考えたら、ちょっとしんどいよな。僕が生きていたら出してやるんだけどなあ。まあ、うまいことやってよ。それしか言えねえや。

それにしても、あなたらしい、そして、僕らしい文章と内容になっていると思うぜ。反響や如何に?だな。楽しみにしよう。まかり間違って、僕がめざしていた直木賞でも取ろうものならば、賞金の百万円は二人で半分こにしような（笑）。いずれにしても、ご苦労さま。

さて、僕の方で締めようか。

ん？　なにやら本当に僕が書いてきたような気分だな（笑）。まあいいか。

先に、あなたは、「津谷玄裕なりのスポーツ社会学を」と書いている。それでいい。

僕はあなたに話したことがあると思う。僕は、研究者になるにあたり、心に誓ったことが一つ、いや、正確にはいくつもあるにはあったのだけど、強く思っていたことは、

「師匠である竹上九三先生の論文は絶対に引用しない」

ということ。それを完《まっと》うし切ったよ。それは僕のなかでの自慢であり、誇りでもある。

あなたの近著論文には、まだ、僕の論文が何度か引用されているよね。もうやめな。それが、あなたなりのスポーツ社会学を確立するためには大切なことだよ。

それとさ、僕が日向娘でそうであったように、体育・スポーツ以外の研究者との接点をもっと持ったほうがいい。僕はあなたが巣立っていくときに授けた言葉

があるよね。

「ゲットするにはカットせよ」って。僕らはときとして、「同じ匂いがする」体育・スポーツ関係者との接点のなかで、「ヤレヤレ」気分に浸ってしまっているのかもしれない。「ヤレヤレ」は大切。でも、「ハラハラドキドキ」がないことには、「ヤレヤレ」の意味も半分以下でしかなくなってしまうわけだ。わかるだろ。何をもって、「ゲットするにはカットせよ」ってことか。今のあなたならばわかるはず。

研究者でなくても構わない。異なる業種の人たちとの接点を数多く持つなかで、「気付き」をたくさん得て欲しい。もう五三歳だから、と諦める必要はまったくない。特にあなたの場合は。今だから言うけども、あなたの学問へのこだわりは、僕と比べると随分遅くから始まっているわけだから。それに、あなたと出会ったときよりも、現時点におけるあなたの発想のほうがよっぽど面白いし、ときに、若々しい！「何かを摑み始めやがったな」と、僕はこのごろ、いつもニコニコしているところだよ。

ふぅ、僕という人間を題材にした小説もどきに付き合ってきて、ほんま久しぶりに「ハラハラドキドキ」してきたよ。「ヤレヤレ」だ。二人して、日向娘で差しつ差されつ、慰労会やりたいところだよな。

津谷君、頑張ってはだめだよ。リラックス！　リラックス！　その先にこそ、あなたにとっての面白いと思える境地が開けることになるのだから。

一度だけお見かけした奥さんにどうぞよろしく。あのときは、身重だったよな。

また、会おうぞ。今や同志となった津谷玄裕君！

「薬研堀の日向娘」かあ、うん、良いタイトルだったよ。

どうでしょうか、読者の皆さん。皆さんの生活にも「薬研堀の日向娘」なる「コートの外空間」をぜひともつくられてください。ちなみに、文中に何度も出てきた「日向娘」は既に閉店しているみたいですから、「聖地巡礼」の対象地にはなり得てませんことを付記しておきます。

谷口　勇一（たにぐち ゆういち）

昭和44年（1969年）宮崎県生まれ。

現職　大分大学教育学部教授

薬研堀の日向娘

2023年10月８日　初版発行

著　者　谷口勇一

発行所　学術研究出版

〒670-0933　兵庫県姫路市平野町62

［販売］Tel.079(280)2727　Fax.079(244)1482

［制作］Tel.079(222)5372

https://arpub.jp

印刷所　小野高速印刷株式会社

ISBN978-4-911008-24-9